L'ENTRÉE DE DUMOURIER A BRUXELLES, OU LES VIVANDIERS,

PIÈCE EN CINQ ACTES ET EN PROSE.

PAR OLYMPE DE GOUGES.

Représentée sur le Théâtre de la République, rue de Richelieu, le Janvier 1793, l'an deuxième de la République.

A PARIS,
Chez REGNAUD, libraire, jardin de la Révolution, galerie de bois,
Et chezLE JAY, libraire, au *Grand Corneille*, rue neuve des Petits-Champs.

1793.

COMPLOTS DÉVOILÉS

DES SOCIÉTAIRES du prétendu Théâtre de la République.

La critique est aisée et l'art est difficile.

J'en appelle en auteur soumis, mais peu craintif,
Du parterre en tumulte au lecteur attentif.

RIEN n'est plus aisé que d'égarer l'opinion publique. Il est des calomnies d'un genre si bizarre, que lorsque la vérité vient porter l'éclat de son flambeau si redoutable aux méchans, les esprits tout-à-coup frappés par sa lumière, se trouvent dans l'impossibilité de se rendre compte, comment, ils ont pu voir et croire ce qui n'existoit pas. J'ai donc été la victime d'un complot, appuyé par les apparences les plus perfides. Tel a été l'art des comédiens à mon sujet; mais pour en obtenir justice, je n'attirerai pas sur eux l'animosité des citoyens, ni les crimes révolutionnaires.

J'ai failli être assassinée, pour prix de mon civisme, par une bande de leurs satellites; et si je vis encore, c'est peut-être par un de ces miracles que l'innocence ne trouve pas toujours sur son chemin. J'ai été forcée d'attendre pour ma justification que ma piéce fût imprimée. Il ne s'agit pas sans doute de ma part de vouloir que ma piéce soit bonne, si elle est mauvaise; mais ce qui m'importe véritablement, c'est de prouver au public que ce n'est point ma piéce qu'on a représentée sur le théatre de la République, mais une pantomime de la façon des comédiens. J'ai été accablée, traînée dans les journaux; quelle récompense pour une femme qui a si bien servi sa patrie!

Il est connu que le théâtre de la République a fait la démarche la plus authentique, pour arracher à un autre théâtre l'Entrée de Dumouriez à Bruxelles, ou les Vivandiers; il est connu que ce fut le citoyen Cubière qui se chargea d'une lettre pour moi de la part de ce théâtre, afin de négocier cette affaire; il est connu que cette piéce fut annoncée le 24 novembre dernier; il est connu qu'un *Dumouriez a été joué le 23 janvier présent mois*; mais ce qui n'est pas connu, c'est que les comédiens se sont permis de prendre seulement quelques lambeaux de ma piéce, de les délayer dans une espèce d'ambigu, moitié farce, moitié pantomime, de ne pas dire un seul mot dans le vrai sens du dialogue, de manquer entiérement les répliques, de briser l'action impitoyablement par l'abaissement de la toile, par des entr'actes éternels, des jeux de théâtre indécens, substitués aux situations intéressantes qui existent dans ma piéce, de défigurer entiérement les personnages et l'unité; enfin, s'il est vrai qu'Athalie soit tombée un jour faute d'ensemble dans les acteurs, comment une piéce où deux armées sont sans cesse aux prises, et dans laquelle il n'y a que des automates pour guider l'action; comment, dis-je, cette action a-t-elle pu intéresser le public jusqu'à la fin, lorsque ces automates n'avoient d'autre attention que celle d'attendre la réplique des sifflets qu'ils avoient gagés pour ne pas finir ma piéce? Cependant cette piéce monstrueuse (comme l'ont imprimé leur libelliste folliculaire) a eu quelque succès aux tribunal redoutable du public, où le persécuté trouve enfin la justice qui lui est due; voici ma piéce toute imprimée; juges-là avec ta sévère impartialité, et les loix feront le reste.

Pour te donner une connoissance exacte de l'intrigue affreuse des comédiens, lis les deux extraits qui suivent.

Il falloit que les comédiens continuassent les représentations de cette nouveauté ; mais alors il eût fallu qu'ils soutinsent l'œil pénétrant du spectateur indigné de leurs odieuses manœuvres. Il leur a paru plus simple de la faire disparoître de dessus l'affiche, contre toutes les loix ; car personne n'ignore que la piéce n'est pas tombée, quoiqu'ils l'eussent rendue informe. Pour ensevelir ma piéce tout-à-fait ils ont cru qu'il suffiroit de charger les journalistes de la décréditer dans le public.

Première et fameuse *apologie* par M. de Guenegaud, fameux aristocrate, auteur du Journal françois, feuille du 25 janvier.

Théâtre de la République.

« Le général Dumouriez a eu l'honneur d'être » representé tout vif sur ce théâtre, mercredi dernier : c'est la citoyenne Olympe de Gouges qui » fait les frais de ce précoce apothéose. Nous n'examinerons pas combien il est ridicule d'exposer » sur nos tréteaux les personnages qui jouissent de » quelque réputation ; c'est ce qu'a fait Olympe de » Gouges, dans une rapsodie de sa façon, intitulée : » *L'entrée de Dumouriez à Bruxelles*. Il nous seroit » impossible de donner une analyse exacte de ce » monstre dramatique ; ce sont des marches, contre-marches, des trains d'artillerie qui ne blessent » personne, et des batailles pour rire.

» Au surplus, un recueil complet de lieux communs démagogiques. Parmi les personnages de cette » farce héroïque, nous avons distingué le fils du duc » Clairfait, parlant principes comme M. de Robespierre, et filant le parfait amour auprès d'une » vivandière ; Dumouriez parodiant M. Thuriot » dans son bavardage, voilà sur quoi roule tout » l'intérêt de la piéce, etc. ».

Je suis loin de me plaindre de cette critique, elle ne peut m'offenser ; elle tombe entiérement sur les comédiens. C'en est assez pour apprendre en général au public, combien je suis victime de la trame la plus perfide et la plus grossiérement ourdie. Il est très-important que le public soit instruit que j'ai été la victime de la rivalité des théâtres et de la jalousie d'une femme. Les tyrans de la scène, semblables aux despotes, ne pardonnent jamais à ceux qui ne savent pas se plier à leurs caprices et se soumettre à leur joug tyrannique.

Quant à ces infames journalistes, je me contenterai de les livrer tout vifs dans *ma Femme persécutée*, et si je n'ai pas le talent de rendre leur style brillant, je leur laisserai le soin de le mettre en françois. Il est bien original que les aristocrates me traitent de démagogue, et les démagogues d'aristocrate! Comment réussir quand on est en bute à toutes les passions et à tous les partis? Ajoutez y l'ambition de mademoiselle Candeille, qui a tout fait pour me faire perdre le fruit de la circonstance, et pour faire échouer ma piéce deux mois après; c'est ce que le public reconnoîtra dans la suite de cette bizarre discussion. Je vais passer rapidement au rédacteur des petites affiches; on voit cependant dans quelques lignes que sa conscience lui répugnoit, et que son extrait étoit plutôt commandé qu'inspiré.

Extrait des petites affiches du 25 janvier.

« L'ouvrage d'une femme a toujours des droits » à l'indulgence. *On n'a pourtant pas besoin de cette* » *indulgence pour la* belle Fermière *de la citoyenne* » *Candeille, qui, ainsi que nous l'avons deja dit,* » *et que nous le répéterons éternellement, de crainte* » *qu'on ne l'oublie, immortaliseroit le littérateur le* » *plus distingué* ». Quelle femme que mademoiselle Candeille! *Stupete gentes!* On voit bien que sa modestie n'a pas eu part à cet extrait.

« *Citoyens, gardez-vous d'en douter*; mais pour » Olympe de Gouges, il a fallu au public plus

» que de l'indulgence, il lui a fallu une véritable » patience pour écouter jusqu'à la fin la piéce d'une » femme qui se montre telle qu'elle est avec ses » taches, qui ne possède pas l'art d'avoir recours » aux faiseurs ni aux teinturiers.

» Nous n'entreprendrons point d'esquisser cet ou- » vrage bizarre, dans lequel ou ne trouve ni plan, » ni conduite, ni goût, ni rien de ce qui constitue » la véritable comédie ; en un mot, cet ouvrage » prête trop à la critique pour en exiger une bien » sévère, il est au-dessous d'un examen bien appro- » fondi ». (Cette remarque, mademoiselle Candeille, est juste et fait parfaitement l'éloge de votre ame et de vos connoissance dramatiques) ; mais continuons l'extrait et les remarques savantes, surtout dépouillées de mensonges; j'en apppelle encore au public pour celui-ci.

« Mais nous pensons que le but moral de l'ou- » vrage a pu seul le faire recevoir des acteurs du » théâtre de la République, *qui ont singuliérement » soigné leurs rôles*, surtout *les citoyennes Can- » deille*, Josset, et les citoyens Dugazon, Michaux, » Desroziers, etc. etc ».

Quelle audace ! faire du public un bridoison qui n'a pu s'empêcher de dire avec l'auteur; je n'y comprends rien, mais j'entens, c'est un *pâté*, oui, républicains, c'est un *pâté* de la façon des comédiens qui avoient juré la perte de ma piéce pour plaire à la citoyenne Candeille, la plus modeste, la plus généreuse, la plus méritante des femmes et des hommes. Le but d'un tel panégyrique n'a pas besoin de commentaire ; il frappe les yeux les moins pénétrans. On sait que la citoyenne Candeille évite les éloges, et qu'elle n'a jamais su s'en prodiguer.

Après cette affiliation de mensonges grossiers, recommencent les sottises contre mon ouvrage ; ensuite viennent les éloges sur mes talens, « quand je » veux les soigner ; etc. »

Le plus piquant de cet extrait est l'épigramme sanglante qui résulte de l'éloge que ce rédacteur fait *bénignement, sans le vouloir*, des acteurs qui ont si mal joué dans cette piéce. Il s'est bien gardé de faire mention des citoyens Desprès, Garnier et Valois, qui se sont distingués. J'en appelle aux spectateurs qui se sont trouvés à la première représentation, je ne parle pas de la seconde ; car il est aisé de reconnoître que ces acteurs avoient été influencés par les sollicitations de leurs camarades; puisque on m'a assuré qu'on ne les avoit pas reconnus. Il me semble voir la surprise du public et son indignation. Quoi! s'écriera-t-il, des comédiens ont pu se permettre, contre toutes les autorités reçues, de hâcher une piéce, de la désorganiser, d'amalgamer des pantomimes ridicules avec des phrases insignifiantes et indécentes dans un sujet héroïque, et de charger l'auteur aux yeux du public de toutes ces incroyables violations, et de le couvrir d'un infâme ridicule, sans pudeur, sans crainndre ce retour terrible de l'opinion publique qui vient toujours au secours de l'opprimé. Et vous, mademoiselle Candeille, si j'étois femme, si je pouvois m'abaisser à vous imiter, combien vous paroîtriez différente de ce que vous voulez être aux yeux du public. Les éloges que vous savez mieux briguer que moi, et qu'on vous prodigue avec tant de profusion, seroient pour vous autant de ridicules; craignez le réveil de la vérité; on peut, avec de l'esprit et des talens, en imposer aux petits-maîtres et aux sots; mais le génie, les vertus héroïques, la probité sans tache, sont des dons que la nature ne joint pas toujours aux charmes que l'on porte dans la société. Je ne possède pas ces avantages aux dépens des premières qualités sociales, je pourrois ajouter sans orgueil, mais avec la fierté qui me convient, qu'un esprit juste couronne peut-être chez moi une probité sauvage et une ame bienfaisante. Il m'en coûte assez de repousser la noirceur, vous savez si vous m'avez arraché ces dures vérités. Je ne suis pas jalouse de vos succès, vous en êtes persuadée; on connoît l'excès de votre orgueil et mon désintéressement, j'aime trop la gloire des femmes pour leur nuire d'aucune manière; mais vous avez poussé la perfidie à mon égard à un degré si haut, que vous m'avez réduite à me justifier aux yeux du public.

Citoyens littérateurs, hommes sensés, jugez ma piéce d'après vos connoissances et votre conscience.

Je ne demande point que le théâtre de la République continue la représentation de ma piéce; je demande que cet ouvrage me soit payé; le sacrifice de ma fortune et de mes veilles en faveur de la chose publique, me réduisent à la noble nécessité de vivre actuellement de mes talens; si ma piéce eût été jouée et jugée, personne n'ignore que j'aurois su me faire justice, et que par de nouveaux efforts, j'aurois su obtenir le suffrage du public, que quinze ans d'exercice dans le théâtre m'ont acquis peut-être à juste titre.

J'avoue qu'en auteur sensible, je n'ai pas vu indifféremment massacrer ma piéce. J'ai parlé au public en grand homme, en excusant les acteurs quand j'avois lieu de les mépriser. *Toucher à leur injustice, c'est toucher à l'arche*; je me suis donc vu tout-à-coup assaillie par une bande de juges gladiateurs, qui m'ont vomi, comme s'en glorifie le sieur Ducray dans son libelle intitulé les Petites-Affiches, les ordures qui convenoient sans doute aux actrices qui les avoient commandées. Ce journaliste a eu l'impudeur d'avancer que le public s'est fait justice. Qui pourroit croire, si cela n'étoit pas imprimé, une semblable calomnie contre le public qui a lieu de m'estimer, et peut-êrre de m'admirer? Infâme libelliste, qui es-tu? Tu n'es donc ni bon citoyen, ni même un homme. Quelle que soit ton aristocratie, tu appelles cela un acte de justice du public, qui est sorti content de l'auteur, et bien convaincu que le vice de la piéce étoit l'ouvrage des acteurs. Tu places ce public dans un ramas confus de douze drôles galopins d'actrices qui m'ont injuriée. Ah! le public est bien loin d'avoir partagé une semblable horreur; mais c'est trop m'occuper d'un vil écrivain tel que toi, il me suffira de rappeler au public que ta plume vénale, quelques jours avant la représentation de ma piéce, avoit fait mon éloge. Vas, il ne t'appartient pas, ni à tes pareils, d'apprécier un être tel que moi. Je sais faire des piéces de théâtre, que tu n'es pas en état de juger; celle que tu as défigurée de moitié avec les acteurs, vient assez à l'appui de ton insuffisance, pour n'avoir pas besoin de te dire que le public en la lisant va te rendre justice, et celle que j'ai lieu d'attendre de ses lumières et de son impartialité; il verra que j'ai su faire un plan, un dialogue, une intrigue, concevoir une action dramatique, la soutenir avec un comique original; et comme le dit Mercier et autres que cette piéce, quoique faite à la Shakespear, genre que les françois n'ont pas encore adopté, quoiqu'il soit plus près de la nature, auroit pris trois mois à un auteur consommé, quand je n'y ai mis que quatre jours.

Sans doute le public ne prendra pas pour orgueil, ce qui n'est de ma part qu'une juste indignation. Jamais auteur n'éprouva un si dur traitement, jamais piéce républicaine ne reçut plus d'outrages, et ne fut payée d'une plus noire ingratitude. Jamais ouvrage, depuis la révolution, ne brûla d'un plus pur patriotisme et chacun sait quelle a été ma récompense....

OLYMPE DE GOUGES.

De l'Imprimerie de F. M. BOILEAU, Libraire et Papetier-fabricant, rue Christine, N° 2, fauxbourg saint-Germain.

OLYMPE DE GOUGES,

A DUMOURIER,

GÉNÉRAL DES ARMÉES DE LA RÉPUBLIQUE FRANÇAISE.

DUMOURIER,

J'IGNORE s'il est venu jusqu'à toi qu'une femme avoit osé te faire agir et parler au milieu de tes travaux guerriers. Je ne te connois point ; je ne chercherai pas même à te connoître. J'ai entendu le récit de tes exploits ; c'en fut assez pour que mon imagination s'élevât jusqu'à la hauteur du sujet que je voulois traiter. Sans doute il falloit une autre plume que la mienne pour les raconter, pour peindre à la fois le vaillant soldat et le vrai philosophe ; il falloit le génie du grand Corneille pour rendre cette ardeur belliqueuse d'un peuple régnéré, né pour la liberté. Pour fixer l'opinion publique sur le gouvernement républicain, il falloit exciter, enflammer le courage de mes concitoyens qui restoient dans Paris. Il falloit enfin donner le dernier coup de massue à l'aristocratie, qui, semblable au caméléon, prend toutes les formes, guette le moment d'une anarchie contre-révolutionnaire pour nous remettre aux fers.

Il n'est plus de *Corneille*; nos auteurs modernes dédaigne de traiter dramatiquement des sujets de circonstance; ils ont raison: plus hardie qu'eux, ou plus foible, je me suis laissé entraîner. En quatre jours j'ai fait une pièce en cinq actes: cet aveu va te faire trembler, ainsi que le public. Sans doute donnée à propos, je l'aurois intéressé; actuellement j'ai besoin de toute son indulgence. Mais, que dis-je? Tes ennemis ni les miens ne pourroient profiter du retard cruel que le théâtre de la République a mis à la représentation de cet ouvrage. Ce n'est point toi seul que j'ai célébré; comme soldat, tu partages mon hommage: mais ce sont mes concitoyens, c'est l'armée que tu commandois que j'ai célébrés; c'est la haine des tyrans, c'est l'amour de la liberté dont j'ai voulu pénétrer les peuples; c'est surtout la gloire de mon pays que j'ai voulu cimenter. Mais le talent, me diras-tu, Dumourier? Que fait-on sans talent? Une pièce en cinq actes, avec du patriotisme seulement. Mais le spectateur, ajouteras-tu, renferme les malveillans, comme les bons patriotes ; et le moment de cette pièce et le titre qu'elle porte est déjà en butte à la haine et aux passions. Dumourier, je ne te ferai pas l'injure d'ôter ton nom. Aurois-tu des torts, si l'on pouvoit le croire, on ne pourra jamais ternir l'éclat de tes belles actions ; elles t'ont placé si haut, que la calomnie ne sauroit t'atteindre. Oui, tu dois la mépriser ; oui, l'ingratitude ne peut te rebuter, tel que tu l'a dis, tel que tu le pense, tu sauras mourir ou triompher : telle doit être ta devise.

Ce n'est pas à toi que je recommande cette pièce, c'est à tes illustres compagnons d'armes. Nobles défenseurs des droits de l'homme, guerriers de la Bataille de Jemmape, braves volontaires de tous les départemens, en semestre actuellement à Paris, venez soutenir, par votre patriotisme, la représentation de cette pièce ; venez la défendre des atteintes de l'aristocratie, et vous reconnoîtrez que si les pièces de nos grands philosophes ont produit la révolution française, la pièce d'une femme peut produire véritablement celle de la Belgique, et celle de tous les peuples encore à régénérer.

Et vous, Citoyens, écoutez; il s'agit de vos plaisirs.

Le théâtre de la République ayant appris que j'avois traité, d'une manière heureuse, le sujet de *l'entrée de Dumourier à Bruxelles*, s'empressa de me demander cette pièce. Je cédai à ces instances, quoique j'eusse disposé cette pièce pour un autre théâtre. Ils la reçurent le 23 novembre, en *cinq actes*; mais ils s'obstinent toujours à ne vouloir la représenter qu'en *quatre*; me refusent impitoyablement de jouer l'acte des moines de Bruxelles, qui peint au naturelle les trahisons, les conspirations de cette secte maudite dont, en ce moment même, se plaint Dumourier dans sa lettre à la convention nationale. Si j'en appelle, pour cet acte, au public, c'est que je fais imprimer ma pièce en cinq actes, et que je voudrois éviter à cette société le blâme de l'opinion publique, en la portant à le jouer, puisque les rôles sont sus à moitié, et qu'ils peuvent achever d'apprendre du soir au matin. Cette étude ne peut, d'aucune manière, interrompre la marche de cette comédie. L'engagement fut donc pris de la jouer *sur-le-champ*; elle fut annoncée le lendemain, et l'on exigea de moi les rôles *sous vingt-*

quatre heures. Je m'environne de trois secrétaires ; je passe la nuit, et je me fais un devoir de répondre à ce zèle vraiment *patriotique.* Plus enchaînée à la circonstance, à la morale de la révolution, au dramatique qui m'a suscité peut-être bien des envieux, qu'au charlatanisme d'un style prétentieux, j'avois lieu d'espérer que le public, surpris par une pièce *républicaine*, et peut-être *dramatiquement* conçue, en si peu de temps, qui pouvoit être représentée dix jours après la nouvelle de la reddition de Bruxelles, le public content auroit ressenti un sensible plaisir ; mais à peine eurent-ils leurs rôles, que leur enthousiasme se ralentit. Ne pouvant concevoir la cause de ce refroidissement, et voulant éviter toute espèce de désagrément avec cette société, je lui proposai de lui retirer ma pièce. Elle me rassura, et me protesta que, sans la pièce de *la Belle Fermière, mon Dumourier auroit passé tout de suite ; mais qu'il alloit marcher de front.* Je savois que cette pièce étoit d'une femme ; je cédai à cette seule considération ; car j'aurois pu exiger d'un *auteur-homme*, un sacrifice qui ne pouvoit nullement nuire à ses intérêts ; le sujet de cette comédie n'étant point un sujet de circonstance, et surtout d'une circonstance aussi impérative que celle de mon *Dumourier*. Ma pièce étoit avant la *Belle fermière* sur l'affiche. L'on m'a fait un passe-droit, cette pièce a eu le plus grand succès. Pourquoi-donc différer plus long-temps la représentation de la mienne ?

Je n'accuse pas cet auteur charmant, quoiqu'on eut voulu me persuader qu'il retardoit la représentation de ma pièce dans la crainte que, si j'obtenois le plus léger succès, la sienne ne fut négligée du public. Tant de graces, de talents et de perfection réunies ne peuvent s'allier qu'avec la plus belle âme ; cependant si j'avois à rassurer cet auteur, ne pourrai-je pas lui dire que sa pièce est de tout les temps, et que la mienne n'a qu'un foible moment dont il m'a déja ravie la moitié, sans doute sans le vouloir; il est trop équitable pour ne pas se mettre à ma place.

Je sais que j'ai contribué pour beaucoup au retard de cette pièce ; j'ai montré la foiblesse d'un enfant et non pas l'énergie d'un auteur ; mais je n'ai pas moins le droit de me plaindre, et la plainte est juste et naturelle à celui qui souffre.

Femme et isolée, n'ayant pas à ma disposition des auteurs, des prôneurs dans les journaux, et si parfois on m'a rendu justice, je peux dire l'avoir mérité ; je n'ai point voulu fixer l'attention du public, sur le retard meurtrier de ma pièce ; je ne l'ai point fait demander non plus par le parterre, comme cela se pratique. O société encouragée par les récompenses nationales ! combien vous devez de soins à un ouvrage républicain ! Je vous abandonne le soin qu'exige cet ouvrage ; mais à ce titre, permettez-moi d'insister sur l'acte des moines, qui fait l'exposition de ma pièce, et qui rend le patriotisme du citoyen Balza bien plus chaud, que lorsqu'il vient après trois actes brûlans de combats. D'ailleurs, je vous le répète, c'est l'exposition de ma pièce.

En vain je vous ai sollicité les uns après les autres, et n'ayant pu rien obtenir, j'ai pris le parti de vous faire afficher ma demande ; vous ne pouvez le trouver mauvais. Je devois justifier le retard de la représentation. Le spectateur est juste ; il a toujours de l'indulgence pour une production du moment. Mais au bout de six semaines ?.... Le public est là pour juger ma pièce, et je dois rapporter toute son attention à l'époque de son enthousiasme.

Je vous dis, citoyens, ma façon de penser avec toute la véracité de mon caractère. Souffrez donc la vérité ; sûrement elle vous servira mieux que des fadeurs. Celle qui a su la dire aux despotes, aux malveillans, dans les temps les plus orageux, ne peut la contraindre à l'aspect de ses intérêts. Votre retard meurtrier m'a contrainte d'en appeler à l'opinion publique ; je n'ai qu'elle pour moi ; c'est le port le plus sûr de ceux qui ont été persécutés. Et quel homme vertueux peut dire l'avoir été plus que moi ?

J'ose espérer que le public, considérant que cette pièce a été conçue et exécutée en quatre jours, aura quelqu'indulgences pour les négligences qui peuvent s'y trouver, et que les acteurs répareront, envers le public et envers moi, le retard qu'ils ont apporté à sa représentation, en secondant l'action par l'ensemble qu'elle exige ; sinon le *décousu* produira la confusion ; le *tronquement* des phrases et du sens, la tactique des huées et des sifflets, qui s'accordent parfaitement au jeu des acteurs, ect., tout ce qui peut produire même la chûte d'un chef-d'œuvre, sera peut-être employé, *pour la première fois*, dans une pièce *toute patriotique*. Je suis loin de croire que la société du théâtre de la République, quelque soit les motifs de son retard, puisse voir indifféremment la perte d'un ouvrage qu'il a reçu avec enthousiasme. Mais quelle que soit sa destinée, je m'attends à tout ; et ma pièce, déjà imprimée telle qu'elle a été reçue par les comédiens, apprendra mieux que moi, au public, si elle a mérité le traitement qu'elle aura reçu à la représentation. Quand aux prudes, je ne les engage pas à venir voir cette pièce ; elles verroient avec peine mettre au jour l'impudicité d'un moine amoureux. Ah ! combien *Molière* auroit tiré parti de cette révolution ! Pour les aristocrates ; je ne leur conseille pas non plus de venir la voir, à moins qu'ils ne veulent apprendre à devenir sages, et à reconnoître leurs crimes.

PROGRAMME

POUR le costume et les personnages de cette pièce. Voici à-peu-près ce que j'indiquerois aux directeurs des théâtres des départemens. Il y a vingt-six acteurs parlant dans cette pièce. On peut les réduire à dix-sept ou dix-huit, moyennant le changement de costume et les moustaches. Les trois soldats parlant peuvent remplacer les trois hommes du peuple, Le premier soldat peut remplir le rôle de Lafeuillette; le général Clerfait peut faire un conseiller de ville; l'aide-de-camp allemand peut faire le moine bègue; Lucas peut faire le juge criminel, et dans un plus grand besoin, Suzette peut faire madame Lafeuillette; l'officier allemand peut faire l'écuyer d'Albert.

COSTUME.

Madame Charlot doit avoir un jupon rayé rose ou bleu galonné en or, sur la taille et sur la pièce; un petit bonnet aussi de velours noir, avec une dentelle en or et des glands entrelassés dans les cheveux. Une chaîne d'or au cou et de grosses boucles d'oreilles, les cheveux nattés sur le bonnet, en un mot un costume riche d'allemande. Charlotte à-peu-près le même costume, mais le corset vert et argent, jupon rose et argent, et bonnet blanc et argent.

L'armée prussienne, habits prussiens. Les généraux, habits blanc, galon en or; Albert, archiduc des Pays-Bas, richement mis, et sur-tout ne pas oublier les cordons et les chaînes. Les magistrats en noir; le peuple à-peu-près comme l'on s'habille partout. Cette pièce exige le plus grand ensemble Le dialogue doit être débité avec chaleur pour qu'il ne fasse pas disparate avec l'action guerrière dont la scèneest à chaque instant interrompue. Charlot en habit de matelot élégant ; Grisbourdon en habit de carme ; Tape-à-l'Œil avec un vieux habit d'autrichien, un chapeau de courrier, attaché sous le menton, un tablier noué sur l'habit ; un petit baril d'eau-de-vie en sautoir ; un drapeau français, drapeau autrichien ; vivandiers suivant l'armée.

Quant aux accessoires de décorations et autres objets, tout est indiqué dans la pièce ; la seule chose que je n'ai point indiquée, c'est la musique qu'exige les combats. Le théâtre de la république a fait faire une partition ; sans doute les départemens se la procureront, ou peuvent choisir à leur gré des airs de grands opéras, et s'en procurer une sur-le-champ ; mais il faut sur-tout un homme consommé dans l'art militaire pour conduire cette pièce, ou un bon maître de balets ; un nombre de soldats assez considérable pour produire l'effet de deux armées formidables aux prises.

Les directeurs des théâtres des départemens qui représenteront cette pièce pourront s'adresser à l'auteur, et faire passer leurs propositions à l'adsesse du citoyen Bourg, rue du Harlai, près le Palais.

PERSONNAGES.

DUMOURIER, général de l'armée du Nord.
L'EGALITÉ, général sous Dumourier.
L'ADJUDANT GENERAL FRANÇAIS.
Les deux sœurs FERNING.
CHARLOT, né en France, et vivandier dans l'armée autrichienne.
Madame CHARLOT, sa femme, et Allemande.
CHARLOTTE, leur fille.
Le général CLAIRFAYT, général autrichien.
Le chevalier de CLAIRFAYT, fils du général, et amant de Charlotte.
LUCAS, amant de Suzette.
SUZETTE, amante de Lucas.
Le Prince de WIRTEMBERG.
UN AIDE-DE-CAMP du prince de Wirtemberg.
UN OFFICIER ALLEMAND.
GRISBOURDON DE MOLINARD, aumônier de l'armée autrichienne.
TAPE-A-L'ŒIL, espion français dans l'armée ennemie.
TROIS SOLDATS AUTRICHIENS, parlant.
ALBERT, archiduc, gouverneur des Pays-Bas.
UN BOURGMESTRE.
BALSA, conseiller de ville.
UN JUGE CRIMINEL.
LAFEUILLETTE, marchand de vin en gros, à demi-ivre
Madame LAFEUILLETTE, sa femme.
Le père HILARION, prieur d'un couvent de carmes.
PLUSIEURS MOINES ET PRIEURS de différens ordres. Personnages muets.
DEUX HOMMES DU PEUPLE, parlant, et qui peuvent jouer le rôle de soldats.
TROUPES FRANÇAISES.
TROUPES ALLEMANDES.

L'ENTRÉE DE DUMOURIER A BRUXELLES, OU LES VIVANDIERS,

PIÈCE EN CINQ ACTES ET EN PROSE.

ACTE PREMIER.

SCENE PREMIERE.

Grisbourdon et un prieur de chaque couvent de moines de Bruxelles, rangés sur le théâtre, au moment où se lève le rideau, Grisbourdon au milieu d'eux.

GRISBOURDON.

VRAIS soutiens des trônes et de l'église, appuis des vieillards, pères des orphelins, je vous ai convoqués tous ici, pour concerter ensemble sur les opérations de notre saint ministere, sur les désordres de la France, et principalement sur nos plus chers intérêts. Tout dort dans Bruxelles; mais les prieurs des couvens du Brabant veillent. Ah! si les moines français avoient eu notre activité, ils tiendroient encore les rênes de l'état. En vain Joseph II, ce faux philosophe curieux de nouveautés, avide de gloire, voulu nous détruire; il est descendu au tombeau (et c'est notre ouvrage). son frère, redoutant notre puissance suprême, nous a réintégrés dans toutes nos fonctions. Mais les Français s'approchent; s'ils sont vainqueurs, nous sommes perdus. Prévenons leur victoire; qu'ils trouvent leur tombeau au milieu de cette cité. J'ai fait passer mon plan à l'archiduc; il l'a adopté. Les magistrats ne sont pas pour nous; il faut nous défaire de ceux qui pourroient croiser nos démarches, et faire avorter nos desseins.

(*Tous les moines à-la-fois, tirant un poignard.*)

Nommez les victimes.

GRISBOURDON.

Il n'est pas temps encore de frapper. Balza, ce corrupteur infâme, entretient, dit-on, une correspondance avec le général Dumourier. Il prétend lui livrer la ville. Peut-être on l'accuse à tort; mais la seule apparence de son patriotisme nous le rend suspect. Quelle différence de nos principes religieux avec ceux de la justice ordinaire! Jamais un accusé ne nous échappa, fût-il fût-il même innocent. La politique du saint siége condamne, mais n'absout jamais. Elle nous commande impérativement de faire, envers Dieu seul, l'expiation de nos erreurs. Revenir sur nos pas, seroit commettre un sacrilège, on ne domine les foibles humains que par la crédulité et la sévérité. Si une fois la doctrine des Français prenoit racine dans notre gouvernement, que deviendroient notre état, nos prérogatives ? Plus de bénéfices, de canonicats, de prieurés, d'évêchés, d'abbayes, de cardinalats ; errans et vagabons comme leurs moines, leurs directeurs, réduits enfin à la besace, et forcés de rentrer dans les principes de la primitive église, nous verrions nos travaux, des siècles d'hypocrisie, s'évanouir aussi promptement que l'éclair. Prévenons un si grand désastre par une conduite adroite et mesuré. O disciples d'un Dieu muet et tout-puissant, le jour est venu de le faire parler.

UN PRIEUR, *grotesquement et bégayant.*

Ce n'est pas-là le plus embarrassant. Mais que lui ferons-nous dire dans cette conjoncture ?

GRISBOURDON.

Que la fin du monde approche ; que la terre avare de ses dons ne produira plus ; que les femmes fécondes deviendront stériles ; que les hommes.........

LE MÊME PRIEUR, *bègue.*

Eh ! eh ! cela n'est pas mal trouvé ; mais l'on n'y croira pas. Vous savez bien le contraire.

GRISBOURDON, *le regardant avec dédain.*

Vous êtes toujours à mille lieues de la question, père Hilarion.

LE MÊME PRIEUR, *bègue.*

Moi, je vois les choses.....

GRISBOURDON.

Vous les voyez très-mal.

LE MÊME PRIEUR.

Et à qui voulez-vous que nous fassions tous ces contes?

GRISBOURDON, *en colère.*

Eh parbleu! aux dévotes qui les font à leurs maris, à leurs enfans, à leurs amis, et c'est ainsi qu'on mène le pauvre genre-humain par le bout du nez. Imitez-moi, mes chers révérends; j'ai quitté un moment l'armée pour venir vous tracer la conduite que vous devez tenir dans Bruxelles. Annoncez les prières de quarante heures; ordonnez le jeûne. N'oubliez pas nos aimables dévotes, ce sont des anges pour jeter la terreur dans les âmes timorées. Comme grand aumônier de l'armée, je monte la tête, j'enflamme le courage du soldat avec toutes ces fariboles; c'est-là notre secret, s'il est jamais révélé, notre empire est détruit.

LE MÊME PRIEUR, *bègue.*

C'est..... c'est.... juste, c'est-là tout le mystère.... Al... allons, rentrons chacun dans notre couvent, et faisons, ainsi que l'a dit l'écriture-sainte, religieusement notre métier.

GRISBOURDON, *les arrêtant.*

Et sur-tout n'oubliez pas les miracles. Que Dieu vous garde des passions tumultueuses, de la révolte des sens et de ces appétits mondains, dont nous ne savons pas toujours nous priver, et qui nous font perdre de vue nos plus chers devoirs. Je vous prêche l'abstinence, mes révérends, et je suis moi-même dans la faute : je suis amoureux.

(*Tous à-la-fois levant les bras.*)

Le père Grisbourdon de Molinard, amoureux ! Quel malheur !

GRISBOURDON.

Oui, amoureux, mes frères, et amoureux d'une inhumaine. Un homme est de chair, vous le savez comme moi. Ah ! pourquoi ne sommes-nous pas de pierre, comme nos saints ?

LE PRIEUR, *bègue.*

Nous le sommes bien ; mais c'est quand nous sommes morts.

GRISBOURDON.

Il est bien temps alors ; mais ne croyez pas que ma foiblesse m'éloigne un instant de nos principes. Je puis couronner aujourd'hui mon amour, et remplir en même temps nos saints devoirs. Je retourne à mon poste. (*A part, avec exclamation.*) Et toi, madame Charlot, vivandière incomparable, mets un terme à tes rigueurs, à mes tourmens. Mais que vois-je ? Son mari qui s'avance ! Oh ! Grisbourdon, Grisbours don ! Profitons de son absence, et rejoignons tout de suite le camp.

(*Tous les religieux sortent en courant.*)

SCENE II.

GRISBOURDON, CHARLOT, LAFEUILLETTE.

CHARLOT, *arrêtant Grisbourdon.*

Eh bien, père Grisbourdon, où courez-vous donc comme cela si matin, avec tous ces disciples d'Escobar ? Vous êtes le général de cette bande joyeuse. Ah ! égrillard, égrillard ! je vous connois ! ... Pendant que les maris s'occupent des affaires de l'état, vous vous chargez du soin de leur ménage. Il prospère à vue d'œil avec vous autres ; et les femmes ont tant de confiance en vous !....

GRISBOURDON, *avec hypocrisie.*

Sommes-nous pas les consolateurs des affligés ? Les femmes sont si malheureuses !.....

CHARLOT, *à part.*

O ! sycophante !

LAFEUILLETTE, *à demi-gris.*

Oh ça, compère, nous n'avons pas de temps à perdre ; et toutes les conversations que nous pouvons avoir avec ce maraut, ne valent pas un bon marché conclu. M'achetez-vous mon vin de Bordeaux, ou ne l'achetez-vous pas ?

GRISBOURDON, *furieux.*

Traiter de maraut un homme de mon saint caractère !

CHARLOT, *avec dérision.*

In vino veritas, mon révérend....

GRISBOURDON, *avec colère.*

Allez, maudit, au feu éternel. Dieu vous punira.

LAFEUILLETTE, *tirant de sa poche une bouteille d'ozier avec une tasse.*

Compère, goûtez-moi ce vin, il est plus salutaire que toutes les paraboles de cet imposteur. Nous connoissons mieux Dieu que lui. Il leur a commandé de faire le bien, et ils ne font que le mal ; n'est-ce pas compère ?

CHARLOT.

Qu'avez-vous à répondre, hein ? Il est dans les vrais principes.

GRISBOURDON.

Vous insultez les ministres de Dieu ! Tremblez qu'il ne lance la foudre ; il est prêt à s'expliquer. (*A part, en sortant.*) Allons tâcher de séduire madame Charlot, et venger en même temps la religion offensée.

SCENE III.

CHARLOT, LAFEUILLETTE.

CHARLOT, *allant jusqu'au fond du théâtre en menaçant Grisbourdon.*

Infâme scélérat ! je compte aussi sur la puissance de ce Dieu que tu invoques : il s'est déjà expliqué en France, et si dans sa vengeance il a enveloppé des victimes, c'est votre ouvrage. Mais j'espère que sa justice vous pulvérisera aussi dans la Belgique. N'en parlons plus.

LAFEUILLETTE, *buvant de temps en temps quelques coups de vin.*

Vous en avez parlé trop long-temps ; et moi, pour ne pas m'ennuyer. . . . . (*Il boit encore.*)

CHARLOT, *l'interrompant.*

Vous vous êtes achevé, n'est-ce pas ?

LAFEUILLETTE.

Achevé ! Je connois mon état. Je suis marchand de vin en gros de père en fils. Mes ancêtres étoient des ivrognes, c'est vrai. C'est la rocambole du métier ; c'est comme cela qu'on fait bien ses affaires, voyez-vous ?

CHARLOT, *le regardant.*

Vous êtes gai, père Lafeuillette ! je voudrois,

comme vous, pouvoir noyer mon chagrin dans le jus de la treille.

LAFEUILLETTE.

Vous, du chagrin ? Parbleu ! Et depuis quand ? Vous êtes Français ; vos concitoyens s'approchent. Vous devriez en être réjoui ; car moi qui ne le suis pas, je les vois arriver avec plaisir ; et s'il ne dépendoit que de moi, les Bruxellois iroient, morbleu, au-devant pour les recevoir.

CHARLOT, *avec gaîté.*

Que je vous embrasse, père Lafeuillette ! Vous êtes un bon patriote.

LAFEUILLETTE.

Est-ce qu'un ivrogne est un aristocrate ?

CHARLOT.

Quelquefois ; mais cela n'est pas commun.

LAFEUILLETTE.

Si je n'étois pas un poltron, et que j'eusse du courage, je me serois fait soldat de la liberté. J'aurois coupé la tête à tous les tyrans ; mais je n'aime pas le sang, je n'aime que le jus de la treille.

CHARLOT.

Je le vois bien. Ah ça ! vendez-moi, en conscience, cette barique de vin de Bordeaux. J'en fais exprès l'acquisition pour régaler mes concitoyens.

LAFEUILLETTE.

En ce cas, je ne vous le surferai pas, et je

vous le donne à prix coûtant. J'y joins au même prix ce petit baril de Ségur, que je réservois pour cet archi-gueux d'Albert.

CHARLOT, *riant.*

Vous prononcez bien naturellement ; vous vouliez dire archiduc ?

LAFEUILLETTE, *avec colère.*

Non, non, je ne voulois pas dire archiduc ; et quoique je sois dans le vin, je sais parler peut-être, et je sais le français, entendez-vous ? Je vous répète que c'est un archi-gueux, un archi-coquin, un archi-fripon, un archi......

CHARLOT.

Un archi-menteur qui vous a trompé. Il fait son métier comme tous ses pareils ; mais ils jouent de leur reste.

LAFEUILLETTE, *tirant une seconde tasse d'ozier.*

Tenez ; j'en ai toujours une pour mes amis. Buvez à la santé de leur enterrement.

CHARLOT, *prenant la tasse en riant.*

Il est bon ! Vive un ivrogne pour les applications heureuses. Allons, à la santé de leur enterrement.

LAFEUILLETTE.

Et de la prospérité des nations.

CHARLOT, *avec enthousiasme.*

Oh ! pour celui-ci, je n'y tiens pas. Grande santé aux nations !

LAFEUILLETTE, *après avoir bu.*

On se porte mieux après celle-là, n'est-ce pas, compère ?

CHARLOT.

Oui, mon ami; elle ressusciteroit un mort. Allons, venez m'aider à charger le baril sur ma brouette. J'enverrai ce soir vous chercher la feuillette de vin; à moins que je ne vienne moi-même; car j'espère bien que les Français entreront dans Bruxelles comme chez eux; et je les accompagnerai.

LAFEUILLETTE.

Monsieur Charlot, vous êtes un bon citoyen; mais prenez garde qu'on ne vous soupçonne à l'armée.

CHARLOT.

Hum ! J'ai pris mon parti ; je m'attends à tout ; je ne craint rien. Je suis venu à Bruxelles pour tâcher de me procurer ce décret en faveur des soldats étrangers ; on est si fort aux aguets sur cette épidémie, qu'aucun soldat autrichien n'a connoissance de ce décret qui lui rend tous les droits de l'homme.

LAFEUILLETTE, *lui présentant du tabac.*

Je connois un gaillard que je crois Français ; il m'acheta hier de l'eau-de-vie pour vendre, disoit-il, dans le camp autrichien. Si je ne me trompe, il avoit de ces décrets. Nous allions entrer en conversation ensemble; mais ma femme, vous la connoissez ; c'est une rude femme au moins ! Enfin suffit ; mais elle m'a empêché de causer plus long-temps. Ce n'est pas que je ne sois pas le maître et qu'elle ne soit pas non plus une bonne citoyenne, une bonne vivante ; mais cela veut se mêler de tout. Compère, la voici. Défendez-moi, entendez-vous ? Je ne suis pas en état de lui répondre en ce moment.

CHARLOT.

J'en suis fâché pour vous. Elle vient fort mal-à-propos ; voilà l'heure où il faut que je retourne au camp, et j'ai encore une mortelle lieue à faire. Venez m'aider. (*Ils vont pour sortir.*)

SCENE IV.

Les précédens. Madame LAFEUILLETTE, *arrêtant son mari.*

Madame LAFEUILLETTE.

Ah ! maître ivrogne, je te trouve enfin ! N'as-tu pas de honte de te mettre dans un état aussi pitoyable ?

CHARLOT.

N'allez-vous pas le gronder ?

Madame LAFEUILLETTE.

Écoutez, Monsieur Charlot, vous êtes un

brave homme, *un bon mari*; vous ne vous grisez jamais; aussi votre femme est-elle fraîche, gai; on diroit qu'elle est mariée d'hier..... Et moi..... En vérité on diroit que j'ai cinquante ans de mariage sur la tête, tenez, et je n'en ai pas encore trente; cela n'est-il pas affreux, MonsieurCharlot, je vous le demande?

LAFEUILLETTE.

Il est vrai qu'elle est plus jeune que moi. Je suis un vieux coquin. Tous ses reproches ne me font plus rien. Tiens, ma femme, tu t'uses plus à me faire des reproches, que moi à te dire des jolies choses. J'en suis bien fâché pour toi, mon cœur; mais tiens, je suis un bon enfant; je ne te maltraite jamais: tu bats tes enfans à la journée; la nuit tu fais le sabat dans la maison, je te laisse faire à ton aise, et je m'en bats l'œil. Eh bien! à ton tour; laisses-moi célébrer la mémoire du dieu Bacchus, c'est le patron de tous les bons enfans; cela n'est-il pas juste, compère?

CHARLOT.

Oh! vous ne pouvez pas vous plaindre, madame Lafeuillette; c'est ce qu'on appelle de la raison toute pure, et vous êtes la maitresse de la maison.

Mad. LAFEUILLETTE, *en colère.*

Eh! laissez-moi tranquille, Monsieur Charlot, je me soucie bien d'être la maitresse de la maison, quand le maître n'y est jamais;

mais va, laisse-moi faire ; les Français viendront peut-être s'établir à Bruxelles. . . .

CHARLOT.

Elle est patriote, compère, votre femme.

LAFEUILLETTE.

Oh ! patriote ! Oui, oui, cela s'entend. Ah ça ! écoutez, madame Lafeuillette, ne vous défaites pas de votre vertu farouche, car je vous avertis que les Français pourroient fort bien planter, sur mon front, (*bas à Charlot.*) l'arbre de la liberté . . . . . ., n'est-il pas vrai, compère ?

CHARLOT.

Hem ! Il pourroit bien en être quelque chose.

Mad. LAFEUILLETTE, *en colère.*

Les Français sont charmans !

LAFEUILLETTE, *bas à Charlot.*

Eh bien ! quand je vous le dis, c'est une affaire faite. (*retirant de sa poche sa bouteille et sa tasse.*) Allons, il faut nous consoler. (*Il chante grotesquement.*)

J'aimai toujours les femmes blanches ;
Mais j'aime encore mieux le vin blanc :
Je n'ai point vu de femmes franches ;
Mais j'ai toujours bu du vin franc. . . . .

CHARLOT, *interrompant sa chanson.*

Savez-vous, mes amis, que vous êtes impayables. Si je n'étois pas si pressé, nous dînerions ensemble ; mais il faut se quitter. A propos, madame Lafeuillette, vous savez tout, ordinairement ; que dit-on à Bruxelles de l'approche de l'armée française ?

Mad. LAFEUILLETTE.

Eh parbleu ! vous venez de m'entendre. Il n'y a qu'une voix là-dessus. Les aristocrates et les moines ont beau se tortiller et nous faire un épouventail de la liberté, nous savons à quelle aune il faut mesurer leurs paroles. Elles n'ont plus cours dans le commerce ; tenez, Monsieur Charlot, vous qui êtes un homme essentiel, je vais vous apprendre un grand secret.

CHARLOT, *avec empressement et confiance.*

Ah ! dites bien vîte.

Mad. LAFEUILLETTE.

Vous connoissez bien notre premier conseiller de ville, ce brave Monsieur Balza ? Il s'est mis déjà à la tête d'un parti, qu'on nomme les sans-culottes ; il veut qu'on rende la ville.

CHARLOT.

Elle se rendra.

Mad. LAFEUILLETTE.

Oh ! je vous en réponds ! et, sans répandre de sang, encore. Pour moi, je me mets à la tête des femmes, pour aller au-devant de l'armée française.

LAFEUILLETTE.

Elle le fera comme elle le dit ; mais à condition que.... Suffit ; j'entends.

Mad. LAFEUILLETTE.

Oh ! j'en vaut deux ; et pour cette affaire, voyez-vous, j'en vaudrai dix : mais voici le brave Monsieur Balza avec notre bourgmestre. Comme ils ont l'air occupés !

CHARLOT.

Ne les interrompons pas, mes amis ; allons terminer notre marché, et puissions nous nous réveiller demain frères et concitoyens !

SCENE V.

LE BOUGMESTRE BALZA.

BALZA, *conseiller de ville.*

LE peuple brabançon ne voit pas arriver les Français en ennemis, mais en libérateurs ; il est temps de prendre un parti.

LE BOURGMESTRE, *avec finesse.*

Je ressens votre zèle ; c'est celui d'un véritable magistrat. Mais croyez-vous bien que les Bruxellois soient résolus de se rendre ?

LE CONSEILLER DE VILLE, *avec chaleur.*

N'en doutez pas.

LE BOURGMESTRE, *à part.*

Feignons et voyons venir les événemens.

LE CONSEILLER DE VILLE.

Vous vous taisez.

LE BOURGMESTRE.

La position est délicate; nos mœurs, nos lois sont bien différentes....

LE CONSEILLER DE VILLE.

Pour les changer, il ne faut qu'un moment; pourriez-vous vous refuser au jour qui nous luit, aux brillantes destinées qui nous attendent? Songez qu'à l'époque de notre première révolution du Brabant, nous avions espéré une régénération digne des hommes libres; Joseph II, ce despote caché sous les dehors d'une philosophie trompeuse, nous l'avoit promis; devions-nous compter sur la parole d'un roi? Songez que nos fers sont encore les mêmes, ces fers qui nous ont plus avilis et dégradés que nous ne l'étions. Songez à l'entrée triomphale du tyran qui assujetit nos provinces; représentez-vous Charles-Quint dictant au peuple ses lois de sang. Voyez ces magistrats chargés des liens de l'infamie, lui présenter, à genoux, les clefs de la ville de Gand. Voyez actuellement quel est le souverain qui se présente à nos portes: un peuple libre, qui combat seul contre tous les tyrans, pour défendre la cause des peuples, et qui rend aux nations leurs droits, leur majesté et leur première énergie. La nature trop long-temps assoupie, s'est enfin réveillée; fatiguée, excédée du joug honteux que lui imposoit l'orgueil et la dépravation des cours, elle a frappé le premier sceptre du monde, et ce sceptre s'est brisé. Pourrions-nous ne pas partager, nous les magistrats du peuple, ce précieux enthousiasme qui conduit aujourd'hui dans nos bras le peuple libérateur. Pour moi, je ne puis vous le dissimuler, je les vois s'approcher de nos murs avec une sorte d'ivresse, dont je voudrois enfin me défendre, et que tous les bons citoyens partagent avec moi.

LE BOURGMESTRE, *froidement*.

Je crains que vous ne vous trompiez; chacun voit la révolution de la France avec des intérêts divers. Ce bonheur si vanté ne sera peut-être que la chûte de ce malheureux empire. Croyez que comme vous j'aime la liberté; mais devons-nous prendre pour exemple un peuple qui n'a que de l'effervescence, et qui change aussi légérement de gouvernement que de modes; croyez-moi, jugeons l'avenir sur le passé; depuis quatre ans les Français sont encore en insurrection; leur révolution est bien loin d'être achevée; la fortune, il est vrai, favorise leurs entreprises; ils marchent de victoire en victoire; mais vous ne me parlez pas des divisions, des divers partis, des ambitions des uns, des proscriptions des autres, de la guerre civile, qui est peut-être au moment d'éclater; que deviendront, je vous prie, ces fameuses conquêtes? Si une fois le feu se met dans l'empire, c'en est fait de la république. Les Français auront vécu...

LE CONSEILLER DE VILLE.

Eh bien! nous gémirons sur leur chûte; mais ils auront porté la hache aux trônes des tyrans, et et les peuples béniront leur mémoire. Je connois votre ame ; toute entière à la vertu, elle ne voit que le bien public. De vaines prérogatives, de fastueuses promesses que vous prodigue une femme enivrée du rang suprême, peuvent-elles balancer un moment dans votre cœur, le bonheur de mériter une couronne civique ? (*A part.*) Il faut le flatter, c'est le seul moyen de le réduire, et d'épargner le sang du peuple.

LE BOURGMESTRE.

Connoissez-vous les ordres que j'ai reçus de l'archiduc ?

LE CONSEILLER DE VILLE.

Non. Mais je les crois terribles.

LE BOURGMESTRE.

Ils vont vous faire frémir ; lisez.

LE CONSEILLER DE VILLE *prend le papier.*

Il regarde attentivement le bourgmestre, et lit.

« Trente mille hommes occupent les hauteurs d'Anderlech ; ils défendront l'entrée de Bruxelles ; ils ne céderont leur poste qu'avec la vie. Il est enjoint aux magistrats de ne point rendre la ville. Si les habitans fléchissent, faites sauter la mine ; le prince de Wirtemberg est là, pour protéger votre retraite et celle de vos amis. Les magistrats de

» ma ville de Bruxelles sont perdus s'ils me » trahissent. »

ALBERT, *archiduc et gouverneur des Pays-Bas autrichiens.*

(*Il s'arrête quelques momens, avec indignation, après cette lecture.*)

O tyrans! que l'enfer a vomis et dispersés sur la terre pour la ravager! (*Au bourgmestre.*) Et vous pourriez céder à ces menaces? Et vous pourriez, de sang froid, voir s'entrouvrir le gouffre où l'on veut engloutir un peuple tout vivant? Que de victimes innocentes qui vous tendent les bras! Que de cris perçans retentissent dans mon cœur! N'entendez-vous pas cette voix puissante de l'humanité, plus forte que tous les droits des tyrans, qui vous crie: quels sont les intérêts que tu défends? Quels sont ceux que tu immoles? Ceux de la masse entière des citoyens, ceux de la raison, de la philosophie et de la nature, ceux de la souveraineté des nations, qui ne s'en sont dépouillées que pour assurer le bonheur commun, et non pour assouvir les caprices, les passions d'un seul. Mettez actuellement dans la balance de l'équité, les éternels et immenses intérêts des peuples avec ceux arbitraires des rois.

LE BOURGMESTRE, *étonné, et à part.*

Il me confond; je ne sais que lui répondre. Que ma position est embarrassante! (*Haut.*) Suivez-moi à la maison commune, voici l'heure où la noblesse et le clergé vont s'y rendre ; nous ne pouvons délibérer sans l'avis de tous....

BALZA, *l'interrompant.*

Ah ! consultons plutôt la voix du peuple ; s'il a résolu de rendre la place, les efforts de votre noblesse et de votre clergé seront impuissans.

LE BOURGMESTRE, *en entrant dans la maison de ville.*

Vous pourriez avoir raison, cependant prenons le parti le plus sage.

Fin du premier acte.

Levée du rideau du second acte.

Le théâtre représente le camp des ennemis, hors des portes de Bruxelles. On voit ça et là un grand nombre de tentes, de soldats et d'officiers ; celle du général est sur un des côtés du théâtre ; en face est une tente de cantinier, où l'on découvre une espèce d'amphithéâtre, où l'on voit toutes sortes de commestibles. Madame Charlot est assise derrière une espèce de comptoir. Sa fille tire des fruits d'un panier, et s'occupe à les ranger sur l'amphithéâtre. Le cantinier Charlot entre avec une brouette chargée d'un baril de vin. Dans le fond du théâtre, des soldats s'occupent à faire bouillir la marmitte ; l'un épluche des légumes, l'autre taille du pain dans la gamelle ; tous les soldats sont costumés avec leurs vestes et bonnets du matin.

Pendant la première scène, les soldats font la soupe, la mangent, tous assis par terre, autour de la gamelle. Deux sentinelles sont en faction, et traversent alternativement le fond du théâtre. Grisbourdon leur fait faire la prière avant le repas, et considère toujours madame Charlot ; il va et vient dans le fond du théâtre, et la regardant, il tire sa lorgnette pour la mieux fixer.

ACTE II.

SCENE PREMIERE.

Le chevalier CLERFAIT ; madame CHARLOT ; CHARLOTTE ; le père GRISBOURDON de Molinard, *dans le fond du théâtre, lisant son bréviaire ;* SOLDATS AUTRICHIENS ; CHARLOT, *traversant le théâtre avec sa brouette, chargée d'une barique de vin.*

LE CHEVALIER, *sortant de la tente de son père, un cahier de papier à la main, tirant sa montre.*

MIDI ! Les Français s'approchent, mon plan n'est point achevé. Je ne l'acheverai jamais, non jamais : ô mon père ! mon pays ! il faut renoncer à vous. France, tu l'emportes. J'abandonne l'étendard des tyrans ; je ne veux plus servir que sous les drapeaux des hommes libres. O ma Charlotte ! cette journée peut-elle nous devenir favorable ? oui, si tu le veux. Amour, sois moi propice, je te dois cet heureux enthousiasme pour la liberté. La voilà : que je me sens ému à son approche ! sa mère est occupée. — Si je pouvois lui donner cette lettre ?.. — C'est une femme bien aimable que madame Charlot. Oui ; mais elle est fière, sévère....

Mon père ne me laissera jamais épouser la fille d'un vivandier.... Un comte du Saint-Empire!.... L'honneur de sa maison blessé?.... Allons, le sort en est jeté, il faut enlever ma maîtresse, et passer avec elle dans l'armée française. (*Il déchire son plan*). Allez livrer la bataille actuellement; hommes insensés, j'abandonne vos lois injustes, je ne servirai plus que comme simple soldat pour la défense des peuples et pour la gloire des nations. Je suis français.... je le suis, je le jure....

CHARLOTTE, *se retournant tout-à-coup.*

C'est lui, c'est mon amant; le son de sa voix porte au cœur.

LE CHEVALIER.

O ma Charlotte! si je pouvois vous dire un mot tout bas.

CHARLOTTE, *s'approchant doucement.*

Ma mère est là; ne la voyez-vous pas?

LE CHEVALIER.

Je la vois bien; elle est occupée à ses comptes.

CHARLOTTE.

Elle a les yeux partout, ne vous y fiez pas.

GRISBOURDON, *dans le fond du théâtre, mettant son bréviaire dans sa poche, et fixant avec sa lorgnette madame Charlot.*)

Qu'elle est belle! Que de grâces! Quel friand

morceau ! Ah ! Grisbourdon , Grisbourdon de Molinard !

CHARLOTTE, *s'approchant du chevalier.*

Je tremble ; donnez donc vîte. (*Elle prend la lettre avec précipitation. Appercevant le père Grisbourdon*). O mon Dieu, mon Dieu ! si ce méchant homme m'a vue, nous sommes perdus !

GRISBOURDON, *lorgnant toujours madame Charlot.*

Je la dévore ! Si je pouvois commettre avec elle ce joli petit péché qui a damné tout le genre humain !....

LE CHEVALIER, *l'appercevant.*

Oh ! voilà le père Grisbourdon. Le sot et méchant personnage !

Madame CHARLOT.

L'ennuyeuse méditation qu'un livre de dépense ! il me semble que j'aurois préféré une autre occupation. Mais je m'admire. Foibles mortels, vous ne raisonnez jamais d'après votre état. (*En riant.*) C'est bien à moi de me plaindre , et de moraliser sur les vissicitudes de la vie. Eh, Charlotte ! Où est donc cette petite fille ? Cela s'amuse d'un rien , d'un papillon qui vole. Hé bien , mademoiselle , vous n'avez pas encore achevé ?

CHARLOTTE.

C'est fait , ma mère , c'est fait ; ne vous fâchez pas.

Madame CHARLOT.

C'est fort heureux.

LE CHEVALIER, *à part.*

Oh ! oui, très-heureux.

CHARLOTTE, *regardant son amant.*

Je voudrois en pouvoir faire davantage, et si je ne remplis pas mon devoir....

Madame CHARLOT, *l'interrompant.*

C'en est assez, c'en est assez ; je suis contente de vous.

LE CHEVALIER.

Moi, j'en suis enchanté !

CHARLOTTE, *soupirant.*

Ah, maman !

GRISBOURDON.

Ah, la jolie petite maman ! Que je voudrois être son fils !

Madame CHARLOT, *se levant, et s'avançant sur le théâtre.*

Eh bien ! qu'as-tu ma Charlotte ? Tu soupires mon enfant. Tu crains la bataille ? Ton père n'en est pas si fâché que nous ; il est Français. C'est un jour de fête pour lui !

(GRISBOURDON, *s'approche, et fait de grands saluts à madame Charlot.*)

Madame CHARLOT.

Je suis votre servante, je suis votre servante,

père Grisbourdon. (*A part.*) Oh! le vilain homme!

GRISBOURDON.

Astre du jour, beau soleil levant, étoile de la nuit, élément de la nature, aimant de l'homme, je vous souhaite le bon jour, la félicité et l'accomplissement des joyes de ce monde. (*Tous rient.*)

LE CHEVALIER, *à part.*

Le coquin! Ah! les prêtres, les prêtres!

Madame CHARLOT, *riant à part.*

Le tartuffe! Je ne peux cependant m'empêcher d'en rire. — Comment, vous n'êtes pas encore corrigé? Vous savez que mon Charlot n'aime pas les complimens, et moi je les abhorre; croyez-moi, faites votre métier, on va donner une bataille, allez vous recueillir.

GRISBOURDON, *en sortant, avec un air cafard et dissimulé.*

Tu me le payeras. (*Il sort.*)

SCENE II.

LE CHEVALIER, LES PRECEDENS.

LE CHEVALIER.

IL faut convenir, madame Charlot, que ce père Gribourdon est un hypocrite bien insupportable ! personne ne l'aime. A propos, monsieur Charlot est Français ; ah ! que j'en suis bien aise !

Madame CHARLOT, *gaîment.*

Vraiment oui, mon Charlot est Français, M. le chevalier ; et entre nous soit dit, les Français valent bien les Allemands.

(*Pendant cette scène, Charlotte recule, et lit la lettre du chevalier, tout bas.*)

CHARLOTTE, *à part.*

Fuir avec lui ! je ne puis m'y résoudre.

LE CHEVALIER.

Un seul en vaut dix. Comme ils sont intrépides, depuis qu'ils combattent pour la liberté ! Ah ! vous avez bien raison, madame Charlot : quel pays ! quelle nation ! quel peuple aimable ! Ils se battent en chantant.

Madame CHARLOT.

Oui, M. le chevalier, les Français sont uniques ; ils sont tous comme mon Charlot. Quoi ! vous ne vous étiez pas encore apperçu, à son activité, à son aimable urbanité, qu'il étoit français ? Il fait plus de besogne à lui seul en deux jours que cent allemands en deux mois ; à la cave, à la cuisine, à la table des généraux, des officiers, des soldats, tout est également rempli d'un coup-d'œil. Ah, mon Charlot, si tout les Français te ressemblent, et qu'ils fassens une incursion sur notre territoire, j'ai bien peur que toutes les allemandes ne s'incorporent dans l'armée française.

LE CHEVALIER.

C'est bien dommage, madame Charlot, que vous ne soyez pas française !

Madame CHARLOT.

Grand merci du compliment ; et que me manque-t-il donc, je vous prie, pour l'être ? Mais j'admire ma bonne-foi ; vous êtes le fils du général Clairfait, vous venez sans doute pour m'éprouver ?

LE CHEVALIER, *l'interrompant.*

Ah ! madame Charlot, c'est me faire injure ! je vous aime bien, je vous en assure ; vous êtes si bonne, si belle, si aimable, si spirituelle ; mais je crains que vous ne disiez trop ouvertement votre façon de penser.

Madame CHARLOT, *regardant sa fille.*

Ouais ! que veulent dire ses regards ? (*Au chevalier, en le contrefaisant.*) Mais vous êtes si bonne, si belle, si aimable, si spirituelle. Et je tremble, M. le chevalier, que je ne sois qu'une bête avec vous.

CHARLOTTE, *cherchant à détourner l'attention de sa mère.*

Maman a raison, M. le chevalier : c'est comme si elle étoit française, puisque mon père est français. Que je voudrois bien aller en France !

Madame CHARLOT, *à part.*

Je crois sérieusement que déjà cette petite

fille me trompe. S'ils étoient d'accord ? Terminons ceci, et examinons cela de plus près.

LE CHEVALIER.

Belle Charlotte, nous pouvons y aller tous aujourd'hui; les droits de l'homme se font sentir dans tous les cœurs. Ce sont les Français qui les ont ressuscités pour le bonheur du monde.

Madame CHARLOT.

Le croyez-vous ? (*A part.*) il en est persuadé.

CHARLOTTE, *avec empressement.*

Et ceux de la femme, M. le chevalier, y sont-ils aussi ressuscités ?

Madame CHARLOT, *l'interrompant.*

En voici bien d'un autre ! Pas encore, mademoiselle, pas encore. (*A part.*) Comme ce germe circule ! oh ! voilà qui est fini, il n'est plus possible de lui rien taire; c'est l'esprit de son père : elle devine ce qu'elle ne sait pas.

LE CHEVALIER, *l'interrompant.*

Pardonnez-moi, madame Charlot, les filles y sont majeures à seize ans ; et peuvent, en dépit d'un pouvoir abusif, choisir un époux à leur gré.

Madame CHARLOT.

Ce n'est pas ce que je vous demande, ce n'est pas ce que je vous demande, M. le chevalier, vous êtes bien empressé d'instruire ma fille.

CHARLOTTE, *avec gaîté.*

Oh, que c'est charmant! mais je n'ai que seize ans.

Madame CHARLOT.

C'est bien dommage, en vérité! Mais voyez donc cette petite fille; comme son esprit s'enflamme, avec ses droits de l'homme! Elle croit déjà être en France.

LE CHEVALIER, *à part.*

Plût au ciel!

Madame CHARLOT, *l'écoutant.*

Hein! plaît-il?

LE CHEVALIER.

J'admire le pouvoir de la nature.

Madame CHARLOT.

C'est fort bien; mais entre nous soit dit, M. le philosophe, votre morale ne vaut rien pour les filles du pauvre monde. Depuis quelque temps, je m'apperçois que vous suivez ma fille de près, mais elle n'est pas pour vous; l'entendez-vous bien? Vous êtes le fils d'un général; elle n'épousera jamais qu'un simple et brave soldat comme son père. Je me suis expliquée en deux mots; je suis votre servante, M. le chevalier. Et vous, petite fille, rentrez.

(*Charlotte se retire en regardant le chevalier, et lui faisant des signes. Madame Charlot, s'en appercevant, la suit.*)

Madame CHARLOT.

Dieu me pardonne, je crois qu'elle lui fait des signes ! Oh ! oh ! je vais dire cela à ton père, et nous verrons comme il prendra tout ceci; en vérité il n'y a plus d'enfans.

SCENE III.

CHARLOT, LES PRÉCÉDENS.

CHARLOT.

MA femme, ma fille, allons, venez m'aider, que j'achève, avant le dîner, de mettre ce vin en bouteille.

LE CHEVALIER.

Est-il bon, M. Charlot, votre vin ? De quel canton est-il ?

CHARLOT, *avec gaîté.*

Il est de Bordeaux : excellent, bon patriote comme moi; nous sommes du même pays; c'est vous en dire assez. (*A part.*) O mes chers concitoyens ! c'est pour vous que je le mets en bouteille : les Allemands n'en tâteront qu'avec le bout de la lame, à condition encore qu'ils se patriotiseront. (*haut.*) Allons, ma femme, ne perdons pas de temps. Les soldats ont dîné; les généraux vont livrer le combat; les Français vont nous donner le bal; il faut bien, moi, que je prépare le repas.

Madame CHARLOT.

Toujours gai, toujours aimable, au milieu des orages : rien ne t'afflige. Cependant... (*en regardant sa fille.*) Oh ! non, ce n'est pas le moment; allons, suivez-moi, mademoiselle. (*Elle sort.*)

LE CHEVALIER.

Et moi, je vais tout préparer pour déserter avec mon adorable Charlotte.

SCENE IV.

UN ESPION FRANÇAIS, déguisé en marchand d'eau-de-vie, CHARLOT.

L'ESPION.

Brand'vin, brand'vin; soldats, qui en veut ?

CHARLOT, *l'examinant.*

Ce marchand d'eau-de-vie n'est pas allemand; il est Français. C'est lui. (*s'approchant de lui.*) Camarade, est-elle bonne votre eau-de-vie ?

L'ESPION.

Excellente.

CHARLOT.

Excellente ? Brave Français ! tu exposes ta vie pour servir la plus belle de toutes les causes; mais ne parle pas, si tu ne veux pas être reconnu. Je suis Français : parlons bas; prêt à seconder tes projets. L'armée de mes concitoyens est-elle près d'ici ?

L'ESPION.

Elle n'est qu'à une demi-lieue; elle a bivaqué pendant trente-six heures, sans rien prendre; et sa fatigue n'a fait qu'augmenter son courage.

CHARLOT, *avec une joie délirante.*

O Français! O ma patrie! Achève, mon ami; raconte-moi tout. Et cet intrépide général-soldat, l'incomparable Dumourier?

L'ESPION.

Alexandre n'eût été qu'un petit garçon à ses côtés; c'est Mars en personne qui combat pour la liberté: la terre asservie n'eut qu'un Hercule, pour briser les sceptres des tyrans; la France en a produit des milliers, pour les détruire: juge si leur règne peut s'étendre plus loin.

CHARLOT, *avec enthousiasme.*

Tu m'enchantes! Et je suis dans le camp de nos ennemis? Et Charlot n'est pas au milieu de l'armée de ses concitoyens? Ma fortune, ma femme, mes enfans m'y retiennent malgré moi. J'abandonne tout; je veux mourir Français. Ce bras n'a pas encore perdu toute sa vigueur, il doit venger sa patrie, et j'y vole.

L'ESPION, *l'arrêtant par le bras.*

Arrête! Tu peux encore mieux servir ton pays; crois-tu que la France manque de bras? Il lui faut des amis, chez un un peuple encore aux fers; ton état te met à même d'avoir affaire

faire au soldat comme à l'officier ; il faut briser les chaînes de ces victimes des tyrans ; ils ne demandent qu'à s'instruire ; il faut les éclairer.

CHARLOT.

Tu as raison, camarade : si je pouvois me procurer le décret qui offre à tout déserteur une pension honorable.

L'ESPION, *tirant de dessous sa veste une quantité de décrets.*

En voilà un assez grand nombre pour mettre l'armée des ennemis en déroute.

CHARLOT, *les prenant avec empressement.*

Donne, camarade ; il faut battre le fer pendant qu'il est chaud. Les généraux sont occupés du plan d'attaque, et les soldats étendus sur le sol qui, dans quelques heures, sera arrosé de leur sang, attendent paisiblement l'ordre du tyran qui doit les faire égorger. Profitons de ce moment favorable. (*Il va au fond du théâtre.*) Hé camarade ! allons, du courage ; buvons le rogome ; c'est le jour de la victoire, (*à part.*) pour la France, j'espère.

(*Tous les soldats se lèvent.*)

UN SOLDAT.

Brandevin, rasade camarade. Tuer tous les Français, pendre tous les déserteurs à nous. *Nix bonne françouse.*

CHARLOT.

Marchand de brandevin, donnez rasade, c'est moi qui régale.

UN SOLDAT.

Toi, bon Français. (*Tous boivent ensemble.*)

CHARLOT.

Camarade, on vous trompe; les Français sont vos amis, ils ne veulent que détruire les tyrans pour délivrer les nations; ils ont commencé par le leur; imitez-les; les soldats sont tous frères, et doivent se réunir pour la cause universelle des peuples. (*Distribuant les décrets à quelques soldats qui entendent le français.*) Vous lisez le français, camarades? Instruisez en allemand ceux qui ne l'entendent pas.

LE SOLDAT.

Ya, ya. Camarades, suivez-moi sous la tente; moi lire le français.

CHARLOT, *à l'espion.*

Citoyens Français, tout en versant le rogome, faites bien votre métier; jamais il ne fut plus honorable. Voilà l'heure de servir la table des officiers et des généraux. J'ai besoin de les écouter aujourd'hui.

TAPE-A-L'ŒIL.

Allons, mon ami, il faut nous signaler; courage, hardiesse, il ne nous en faut pas davantage pour vaincre; la liberté nous ouvre toutes les portes.

SCENE V.

CHARLOT, *seul.*

GARDONS-NOUS bien de faire part à madame Charlot de mon projet; c'est une femme charmante, belle, adorable, que tout le monde m'envie; mais elle est femme, et la langue d'une femelle fait autant de bruit que le canon. C'est bien dommage! Si ces jolis animaux étoient muets, ils seroient parfaits. La voici..... Mais quel air de tristesse! Ah! je vois ce que c'est. C'est la bataille qui l'afflige.

SCENE VI.

CHARLOT, madame CHARLOT.

CHARLOT.

EH bien! quoi? qu'est-ce, ma chère femme? Tu n'as pas encore pris ton joli minois de tous les jours? Oh! pour celui des dimanches, personne n'y tient; il est si beau, si frais, si reposé, qu'il me semble toujours que je le vois pour la première fois.

Madame CHARLOT.

Mon Charlot, laisse la plaisanterie; je vais t'affliger.

CHARLOT.

M'affliger?

Madame CHARLOT.

J'en suis sûre.

CHARLOT.

Ce seroit pour la première fois. Mais voyons.

Madame CHARLOT.

Ta fille est amoureuse.

CHARLOT.

Ce n'est que cela ? Tu l'étois bien de moi à son âge, et tu n'avois que seize ans, quand tu me donnas cet aimable enfant.

Madame CHARLOT.

J'en conviens; mais tu ne devinerois jamais celui que ta fille aime ? C'est le fils de Clerfait, général, et je crains bien qu'ils ne soient bientôt d'accord.

CHARLOT, *réfléchissant.*

Tu avois raison; cette nouvelle m'afflige. C'est un grand qui pense que l'honneur du soldat est aussi bas que la modicité de sa paye. Je saurai lui apprendre le contraire. Que je le voye roder autour de ma cantine; je lui montrerai ce que c'est que la valeur d'un brave soldat, né français, (*à part*) et bientôt républicain.

Mad. CHARLOT, *le prenant par la main.*

Tu te fâches, mon Charlot; point d'éclat, mon ami; tu n'es pas en France; c'est le fils d'un noble, et nous ne sommes que des vivandiers.

CHARLOT, *avec froideur et haussant les épaules.*

D'un noble !.... Ma femme, c'est bon; je connois mon état, (*à part.*) mes droits et mon courage.

Madame CHARLOT.

Tiens, mon ami, tu dissimules avec moi, tu me caches un projet..... Que je suis fâchée de t'avoir dit cela. Embrasse-moi ! ma Charlotte est sage; c'est un enfant qui n'entend aucune malice; gardons-nous bien de lui en faire aucun reproche.

CHARLOT.

Tu as raison, ma belle amie; allons, fais dresser la table des généraux. (*A part.*) Et moi, je vais faire un tour dans la tente des soldats. Ah ! M. le comte du Saint-Empire, généralissime de l'armée impériale, vous me payerez cher aujourd'hui l'affront que vous vouliez faire à mon honneur ! Je vous mettrai en quatre comme vos seize quartiers de noblesse. (*Il sort.*)

SCENE VII.

Madame CHARLOT, *seule.*

MON Charlot n'est pas content. J'ai doublement à craindre de son âme et de sa tête; il m'aime; sa fortune est fixée en Allemagne, et il brûle de la quitter. Les Français sont au bas d'Anderlech..... Seront-ils vainqueurs ? Je le crains, et cependant je le désire : leur cause est la nôtre, et mon mari est Français.

SCENE VIII

UN AIDE-DE-CAMP AUTRICHIEN, CHARLOT, d'un autre côté que l'aide-de-camp, madame CHARLOT.

L'AIDE-DE-CAMP, *en français-allemand.*

ALLONS, M. Charlot, vite, que l'on serve le dîné des généraux. On part dans une heure pour fondre sur les Français.

CHARLOT.

Comment ! le couvert n'est pas encore mis ? Hé Lafrance, Charlotte, ma femme, Sans-Peur, eh dépêchez-vous tous : vite le dîné des généraux.

(*Tous se dépêchent de mettre le couvert, et on garnit la table de toutes sortes de mets recherchés, en forme d'ambigu.*)

L'AIDE-DE-CAMP.

Approchez-vous, M. Charlot, la victoire est pour nous ; il faut nous régaler aujourd'hui.

CHARLOT.

Je vais vous faire servir un dîné délicieux. Vous avez besoin de confortatifs : les Français marchent rude dans les Pays-Bas, voyez-vous ; et pour les en chasser, il faut du courage et des forces. (*A part.*) Tous les consommés du monde ne vous serviront de rien ; vous serez battus à platte couture.

L'AIDE-DE-CAMP.

Que marmotez-vous là tout bas, M. Charlot ? Vous avez toujours l'air distrait.

CHARLOT.

Est-ce que mon esprit n'est pas partout ? (*regardant la table.*) Fort bien ; voilà une table servie comme un festin de nôce. Allons, ma femme, ma fille, et vous tous sortez.

Madame CHARLOT.

Pourquoi donc, mon ami ?

CHARLOT.

Vas toujours, ma femme, fait ce que je te dis. J'ai mes raisons. (*Elles sortent.*)

SCENE IX.

L'AIDE-DE-CAMP, CHARLOT.

L'AIDE-DE-CAMP, *lui frappant sur l'épaule.*

Vive M. Charlot ! Quel art, quelle sagacité dans ses repas ! (*lui frappant sur l'épaule.*) En vérité, mon cher Charlot, vous êtes le dieu de la table. Vous avez été, à ce qu'on m'a dit, le chef de cuisine du roi de Prusse ; c'étoit un grand Comus.

CHARLOT, *se frottant le menton.*

Ne vous gênez pas. (*lui ôtant la main de*

dessus l'épaule.) Oui, et je n'en suis pas plus fier, voyez-vous; mais les temps sont bien changés, et les rois.....

L'AIDE-DE-CAMP.

Ils triompheront, n'en doutez pas : Mirabeau-Tonneau l'a prédit. Sa légion n'a pas encore donné.

CHARLOT.

Mirabeau-Tonneau l'a prédit, par la raison que ses brigands n'ont pas encore donné ? Ivrogne et mauvais citoyen, si je ne craignois que pour moi....

L'AIDE-DE-CAMP, *l'interrompant.*

Écoutez, mons Charlot, malgré votre ruse, vous venez de vous trahir... Vous n'aimez pas les Allemands, et l'on vous soupçonne.

CHARLOT.

Je vous entends; mais on a besoin de moi.

L'AIDE-DE-CAMP.

Vous avez dit le mot. Sans votre art, vous seriez serré de près, c'est moi qui vous en assure. J'admire encore cette table ! Le prince de Wirtemberg va livrer une bataille sanglante; il a besoin de prendre des forces. Je vais l'avertir. (*Revenant sur ses pas.*) A propos, vous ne savez pas ? L'archiduc veut allumer le premier la mèche au canon; l'héroïsme de ce prince ne réveille pas votre courage ?

CHARLOT, *se frottant les mains.*

Il ne réveille pas mon courage ? oh ! je vous

assure qu'il le redouble. Dépêchez-vous d'aller avertir son excellence. Le diné se refroidit, et les Français s'avancent.

L'AIDE-DE-CAMP.

Ils resteront dans la plaine, j'y compte. (*Il sort.*)

CHARLOT, *le regardant aller.*

Compte, compte, tu compteras sans ton hôte; vil et rempant esclave! ..... Il est déjà loin; le prince de Wirtemberg est occupé à ranger ses troupes en ordre de bataille, et quand il reviendra par le quartier-général, il n'y trouvera pas un soldat. (*S'approchant des tentes des soldats*) Allons, mes amis, mes braves camarades, sauvez-vous tous, volez vers les drapeaux de la république française, et ne rentrez dans vos foyers, que pour y planter l'arbre de la liberté.

SCENE X.

CHARLOT, quinze cents soldats Autrichiens avec leurs fusils, havre-sacs. La scène se remplit de soldats.

CHARLOT.

Quel nombre formidable! Ils sont plus de quinze cents. Hé vite, descendez par cette colline dans la plaine.

UN SOLDAT, *s'approchant de la table.*

Camarade, la bonne chère n'est pas pour

nous. Mauvaise flèche salée, broute souerche, c'est notre bonne chère. Oh ! les bons petits poulets ! La bonne frigousse, sent bonne camarade, pour nos officiers; notre hôte, goûter-là nous ? Nous partons tous, camarade. (*Tous s'avancent, les uns boivent, les autres prennent dans les plats.*).

CHARLOT, *se donnant des coups dans la tête.*

Ah ! les enragés ! les affamés ! ils vont tout achever. (*Aux soldats.*) Hé ! mes amis, ne perdez pas de temps, nous serions tous perdus, si l'on nous surprenoit ensemble. (*A part.*) Comme ils m'écoutent ! je n'aurai jamais le temps. . . . . Allons. . . . allons, c'en est assez. ils ont la fringale ; ils ne laisseront rien ; c'est comm une bande de chevaux normands sur une aire d'avoine.

UN SOLDAT, *avec un gigot qu'il emporte.*

Camarade, notre bon hôte a raison. Allons nous en actuellement servir sous les drapeaux de la bonne nation.

CHARLOT.

Celui-là, a son affaire, il est modeste.

UN DEUXIÈME SOLDAT, *emportant un jambon.*

Moi servir la France de tout mon cœur.

CHARLOT.

Ils ne se gênent pas.

UN TROISIÈME SOLDAT, *un lièvre à la bouche et s'étranglant pour parler.*

Moi vais actuellement avec plaisir en France. Jamais moi mangir si bonne morceau.

CHARLOT, *en colère.*

Parbleu ! je le crois bien, et je ne l'aurois pas si bien piqué pour ta bouche; mais finissez donc, emportez tout, et allez vous en vîte; j'en serai plutôt débarassé.

Chaque Soldat tombe avec précipitation sur la table. Les uns emportent les bouteilles, d'autres le pain, les viandes, et le dessert. En un clin-d'œil la table est nette; un soldat tient à sa main une jatte de fromage à la crême, et mange avec tant de vitesse qu'il s'en met au visage. Il en donne à un de ses camarades qui l'imite, et se regardant, ils rient l'un de l'autre. Ils sortent tous par la dernière coulisse de l'avant-scène. un dernier soldat revient pour embrasser Charlot, et dit en allemand, bonhote françoise moi ne vous oublierai jamais, moi me rappellerai toujours de vous, à Dieu, bonhote françoise.

CHARLOT.

Je le crois bien; il est du moins reconnoissant.

CHARLOT, *seul regardant la table.*

Comme elle est nette ! ah ! les habiles gens que les soldats pour dégarnir une table ! cela ne fait pas mon compte; mais je sers mon pays, et les soldats des deux patries qui brûlent de se réunir pour la cause commune de la liberté. Voyons quel prétexte vais-je trouver ? J'ai dequoi remplacer le diné, mais il n'est pas aussi aisé d'en imposer à ma femme. Ah ! si elle savoit. . . . . hé bien ! quand elle le sauroit ?.... hem, hem.... elle se fâcheroit. Je l'aime à la folie ; mais ma femme est une femme ; et je n'ai qu'une patrie. Que dirai-je ? D'abord je n'y étois pas..... quinze cents hommes contre un seul, des déserteurs affamés comme des loups, voilà mon excuse...... Parbleu ! elle est excellente, et le prince de Wirtemberg lui-même n'en exigerait pas une meilleure...... Cependant quand j'y pense, je joue gros jeu ! l'aide-de-camp du général, m'a dit qu'on me soupçonnoit ; et ce pauvre diable de marchand d'eau-de-vie, je ne le vois pas revenir ? Il fait bien son métier, il risque le tout pour le tout. Il n'a qu'une vie à perdre, et trente mille hommes à gagner... Allons, nous marcherons ensemble.... (*en se frotant le cou.*) Mais voyons à remplacer le diné, j'en ai le tems : ils sont occupés aujourd'hui à leur plan d'attaque. (*On entend un grand bruit dans les coulisses et plusieurs voix de soldats qui disent : c'est un espion français, il faut le pendre.*)

Oh ! le pauvre malheurenx ! son affaire est faite. Et moi, on arrive...... Du courage et du front, il ne me trahira pas ; il est Français.

SCENE XI.

L'AIDE-DE-CAMP ; CHARLOT ; PLUSIEURS SOLDATS *tenant au collet le marchand d'eau-de-vie, espion* ; PLUSIEURS OFFICIERS ; Madame CHARLOT ; CHARLOTTE.

L'AIDE-DE-CAMP.

Scélérat ! qui es-tu ? Tu n'es pas Allemand ?

L'ESPION, *contrefaisant l'allemand.*

Moi, fils de suisse de père en fils.

L'AIDE-DE-CAMP.

Il parle mieux français que nous, je gage.

CHARLOT.

Le pauvre diable ! Est-ce sa faute si son père lui a toujours parlé cette langue?

L'AIDE-DE-CAMP.

M. le railleur, vous oubliez qu'il vient de dire qu'il est suisse de père en fils.

CHARLOT.

Je l'ai bien entendu ; mais suisse de maison, n'est-ce pas ? (*En regardant l'espion.*)

L'ESPION, *regardant Charlot.*

Ya, ya, suisse de maison, m'en fadre dimeurer en France.

CHARLOT, *riant.*

Quand je vous le disois ; Oh! je me connois en français ; et je ne vous en impose pas. (*A part.*) Je m'entends.

Madame CHARLOT, *bas.*

Tu ne m'en imposes pas à moi ?

CHARLOT, *bas.*

Chut! ma femme : vous êtes ma divinité, je ne peux rien vous cacher.

(*Madame Charlot, le menaçant avec le poing.*)

L'AIDE-DE-CAMP.

Voici le général et bientôt....

SCENE XIII.

LES PRÉCÉDENS; le général CLERFAIT; LE CHEVALIER; le prince de WIRTEMBERG; GRISBOURDON.

L'AIDE-DE-CAMP.

MON prince, quinze cents hommes du quartier-général viennent de déserter; et voilà le traître qui les a débauchés (*Montrant l'espion.*)

GRISBOURDON, *bas, à l'aide-de-camp.*

N'oubliez pas que Charlot est son complice.

L'AIDE-DE-CAMP.

Ce n'est pas le moment... Celui-ci demande de la réflexion : M. Charlot est le meilleur cuisinier de l'armée.

L'ESPION.

Monseigneur, moi innocent, bon allemand.

Le prince de WIRTEMBERG, *avec colère.*

Scélérat ! je ne me bornerai pas à te faire donner la mort, tu périras dans des tourmens affreux. Qu'on l'enchaine et qu'on le garde à vue.... Mettons-nous à table.... Comment, je ne suis pas encore servi ? (*On emmène l'espion.*)

GRISBOURDON, *à part.*

Et l'on n'emmênera pas ce frippon de Charlot ? Après le dîner nous verrons.

Madame CHARLOT, *effrayée.*

Miséricorde ! il n'y a plus rien.

CHARLOT.

Monseigneur, j'étois à mettre en bouteille, pour votre excellence, d'excellent vin de Bordeaux ; la table étoit servie, et quand je suis rentré, j'ai cru que votre excellence avoit déjà dîné ; mais quelques plats dispersés m'ont fait appercevoir que c'étoient les déserteurs qui avoient balayé le dîner. Monseigneur, le dégât est pour mon compte ; j'ai de quoi vous fournir sur-le-champ un second service.

Le prince WIRTEMBERG, *avec dépit.*

Dépêchez-vous donc, monsieur. (*A part.*) Si tout autre que le père Grisbourdon m'eut dénoncé cet homme, je m'en défierois davantage ; cependant je veux l'observer.

CHARLOT.

Vous allez être obéi dans la minute. Allons, ma femme, et Charlotte, allons, regarnissez la table.

Madame CHARLOT.

Mon Dieu! mon Dieu! quelle journée terrible! Elle nous ruine, mon cher Charlot.

CHARLOT.

Vas toujours, et ne crains rien. (*Ils se dépêchent tous trois de regarnir la table.*)

Le prince de WIRTEMBERG.

Messieurs, avez-vous rempli mes ordres? les hauteurs d'Anderlech sont-elles bien garnies? le seul moyen de les occuper avec avantage, c'est d'envoyer une avant-garde de deux mille hommes au-devant de l'ennemi, et de lui faire donner une fausse attaque; je ne suis pas fâché qu'il s'avance, tout l'avantage est pour nous.

(*Le chevalier se détourne, pour regarder Charlotte.*)

L'AIDE-DE-CAMP.

M. le chevalier, que regardez-vous donc? Ah! je vois, la fille de notre hôte vous a donné dans la visière. Elle est ma foi jolie; mais la mère est encore plus belle.

Le général CLERFAIT.

Madame Charlot? c'est la plus belle femme de l'armée.

Le prince de WIRTEMBERG.

Et dites aussi de l'Allemagne. Savez-vous qu'elle est plus que belle, madame Charlot? elle a un esprit d'ange; j'en fais beaucoup de cas!

CHARLOT

CHARLOT, *bas, à sa femme.*

Ecoutez, écoutez, ma femme, ceci demande toute votre attention; on parle de vous, on fait l'apologie de vos charmes. (Ah dam! il y a de quoi dire). Approchez-vous donc, justifiez les éloges que l'on fait de votre personne; tâchez de me dérider le prince de Wirtemberg, cela dépend de vous.

Madame CHARLOT.

Ah! finissez vos plaisanteries, M. Charlot, je suis fâchez contre vous plus que vous ne pensez.

CHARLOT, *arrangeant la table.*

Fâchez contre moi, mon ange, c'est du nouveau, vive les femmes, pour ressusciter leurs maris; il ne me falloit qu'une bonne querelle d'allemand pour me rendre le plus fou des hommes, et le plus amoureux des maris. Une femme d'esprit entend si bien cela.

Madame CHARLOT, *riant avec éclat.*

Ah! ah! ah! qu'il est aimable, mon Charlot! il ne m'est pas possible de me fâcher contre lui; ah! si tous les Français te ressemblent!

CHARLOT.

Ah! si toutes les femmes te ressembloient.

LE CHEVALIER, *à part.*

Ils sont heureux. Mais moi, mais leur aimable enfant...

Le prince de WIRTEMBERG, *appelant.*

Madame Charlot ?

Madame CHARLOT, *s'approchant avec précipitation.*

Qu'est-ce qu'il y a pour votre service, monseigneur ?

Le prince de WIRTEMBERG.

Vous êtes toujours obligeante. (*A part.*) Questionnons-là.

Madame CHARLOT.

Je ne fais que mon devoir, monseigneur.

Le prince de WIRTEMBERG.

Vous avez plusieurs enfans ?

Madame CHARLOT.

Trois, monseigneur; deux garçons et ma fille.

Le général CLERFAIT.

Elle est jolie, votre fille; elle vous ressemble, madame Charlot.

LE CHEVALIER, *regardant Charlotte.*

Ah! oui, mon père, elle est jolie, douce, aimable, c'est le portrait de sa mère.

Le général CLERFAIT, *à part.*

Je crois que mon fils en est amoureux; on le seroit à moins. (*En examinant Charlotte.*)

Madame CHARLOT.

Eh ! messieurs, de grâce cessez vos éloges ; les femmes de notre état s'occupent-elles de la beauté ? Quelques vertus roturières font tout notre ornement.

CHARLOT.

C'est répondre, messieurs ; une femme de cour ne s'en tireroit pas mieux.

Le prince de WIRTEMBERG.

On distingue madame Charlot, et sa réputation est faite. (*A part.*) J'aurois bien de la peine à me persuader qu'ils sont coupables.

CHARLOT.

Ah ! si le sort l'avoit voulu, monseigneur, elle auroit été bien loin, mais elle s'est arrêtée avec moi en son chemin.

Madame CHARLOT.

Monseigneur, ne l'écoutez pas, il se moque toujours de moi, mais je le lui rends bien.

CHARLOT.

Eh ! vive ma femme ! quand elle seroit française elle ne vous traiteroit pas mieux.

CHARLOTTE.

Maman ?

Madame CHARLOT.

Eh bien ! mademoiselle ? Sortez.

L'AIDE-DE-CAMP.

Vous êtes trop sévère, madame Charlot, pour une femme d'esprit.

Madame CHARLOT.

Cette sévérité ne se trouve pas toujours dans la morale des hommes; et je sais très-bien, messieurs, que pour séduire les filles, on fait des complimens aux mères; mais je n'en suis pas la dupe.

CHARLOT, *à part.*

Attrapes. (*Haut.*) Monseigneur, vous êtes servi. (*Ils vont pour se mettre à table, on entend la trompette et des coups de fusils dans le lointain.*)

Le prince de WIRTEMBERG.

Voilà le signal de l'attaque, messieurs, à vos postes; nous n'en souperons que mieux ce soir, après la victoire. (*On entend la générale et le canon.*)

(*A l'officier.*)

Faites défiler les troupes.

L'AIDE-DE-CAMP.

Tentes à bas, aux armes, officiers à la tête de vos troupes.

(*Un grand nombre de soldats ployent les tentes. Les tambours traversent la scène, en battant la générale ; le camp disparoît, et vide la scène.*)

LE PRINCE DE WIRTEMBERG, *au père Grisbourdon.*

Aumônier, donnez la bénédiction à l'armée.

Je vais livrer la bataille.

GRISBOURDON, *monte sur un banc, et aspergeant l'armée autrichienne, dit* :)

Soldats, que Dieu bénisse vos armes et sanctifie vos ames.

CHARLOT, *à part.*

Frippon, tu leur en donne pour leur argent. Il étoit décidé qu'ils ne dîneroient pas ; je l'aurois juré.

LE CHEVALIER.

Que vais-je devenir? Allons à la découverte, et choisissons le chemin le plus court qui pourra me conduire, avec ma chère Charlotte, dans l'armée française.

CHARLOT.

Ma femme, ne bougez pas d'ici, je reviens pour tout ployer (*Il sort.*)

SCENE XIV.

GRISBOURDON, *au fond du théâtre.*

ENFIN, me voilà maître du champ de bataille. Ah! madame Charlot, madame Charlot! vous allez voir ce que peut un homme amoureux et un moine irrité.

Madame CHARLOT, *l'appercevant.*

Miséricorde! seule avec ma fille et ce scélérat!

mais ne nous effrayons pas ; ma crainte augmenteroit son audace.

GRISBOURDON, *d'un air caffard.*

Le Dieu des combats dispense ses ministres et le beau sexe de courrir une carrière homicide : vivons, madame Charlot, vivons ; peut-être au moment où je vous parle M. Charlot n'est plus de ce monde ; vous êtes belle, je suis amoureux, et nous sommes seuls.

CHARLOTTE.

Ah, maman ! quels yeux effroyables il vous fait !

GRISBOURDON, *voulant embrasser madame Charlot.*

Madame Charlot, je veux vous embrasser.

Madame CHARLOT, *reculant d'indignation.*

Ne m'approchez pas, suppôt de satan sous l'habit d'un ministre de paix.

GRISBOURDON.

Ah ! vous le prenez sur ce ton, madame Charlot ! je vais vous apprendre à ne plus vous jouer d'un gaillard tel que moi.

Madame CHARLOT ; *courant au fond du théâtre.*

Au secours ! au secours !

CHARLOTTE, *criant.*

Mon père, mon père !

SCENE XV.

LES PRÉCÉDENS, *plusieurs soldats autrichiens traversant la scène en fuyant.*

L'AIDE-DE-CAMP, *à madame Charlot.*

SAUVEZ-VOUS, madame Charlot, voilà les Français. Le général Dumourier est à leur tête; il est furieux; il n'épargneroit pas son père; si vous tombez sous sa main, il va vous faire prisonnière. (*Il sort.*)

Madame CHARLOT, *avec joie.*

Ah! tant mieux! j'ai moins à craindre des Français que de cet abominable homme.

GRISBOURDON, *en sortant.*

Tu m'as échappé, mais je te retrouverai. (*Il sort en courant.*)

SCENE XVI.

Le général DUMOURIER, LES PRÉCÉDENS.

(*On entend dans les coulisses le cliquetis des sabres.*)

(*Dumourier, à la tête d'un détachement. L'avant-garde de l'armée française repousse avec avantage les troupes de l'ennemi; traversent la scène en combattant. Madame Charlot prend sa prend sa fille sous le bras, et recule sur l'avant-scène.*)

CHARLOTTE.

AH! ma mère, qu'allons-nous devenir?

Madame CHARLOT, *en tremblant.*

N'ayez pas peur, ma fille, les Français ne vous feront pas de mal.

(*Les Français repoussent tout-à-fait les Autrichiens dans la coulisse.*)

Le général DUMOURIER, *à la tête de ses troupes.*

Bravo! mes chers compagnons d'armes, bravo! quels excellens soldats que les Français républicains! vous êtes actuellement au degré des héros républicains. Qu'il m'est glorieux de commander à des hommes tels que vous! mais que vois-je?.... deux femmes, et deux femmes émues par la terreur. (*S'avançant.*) Rassurez-vous, mesdames, nous ne sommes pas les satellites des tyrans. Loin d'accabler votre sexe, nous le protégeons; nous vengeons l'humanité et les saintes lois de la nature méconnues. Nous sommes, des hommes, amis des hommes, et nos vos ennemis.

Madame CHARLOT.

C'est un Français!

Le général DUMOURIER.

C'est-là votre fille, madame?

Madame CHARLOT.

Oui, monsieur.

Le général DUMOURIER.

L'aimable enfant ; elle est belle comme l'amour et vous êtes sa mère ? Mais puis-je sans indiscrétion vous demander quel est l'état de votre époux ?

Mad. CHARLOT, *baissant les yeux.*

Il est Français, et.....

Le général DUMOURIER.

J'entends ; il est attaché au service de Léopold.

Madame CHARLOT.

Oui, monsieur, il est cantinier de l'armée.

DUMOURIER, *l'embrassant*

Quoi, madame ! vous êtes l'épouse de ce brave homme, de ce respectable français ? S'il est attaché dans le camp ennemi, il n'en a pas moins servi sa patrie. Je viens de recevoir, de sa part, quinze cents déserteurs Autrichiens. Jugez, madame, si votre époux doit m'être cher !

Mad. CHARLOT, *avec une agréable surprise.*

Ah ! le frippon, comme il m'a trompé ! Mais je lui pardonne.

DUMOURIER.

Quoi ! madame, auriez-vous pu lui faire un crime d'avoir servi sa patrie et la cause de la liberté ?

Madame CHARLOT.

Non, monsieur, je suis loin de lui en faire un crime.

Puissent les Français que vous commandez, briser tous les sceptres des tyrans ; rétablir, dans tout l'univers, l'égalité, l'union des peuples, cet amour paternel de nos anciens. Voilà le vœu de toute l'Europe, et c'est le plus ardent que je puisse former pour le bonheur du monde entier.

DUMOURIER.

Madame, si vous n'êtes pas française, vous êtes faite pour le devenir. J'ai deux guerriers intrépides à la tête de mon armée ; la révolution a fait les plus grands prodiges, même sur votre sexe. Les unes à l'envie des autres se signalent ; c'est à qui servira mieux la cause publique. Dans la politique, dans les batailles, partout les femmes suivent nos pas, et votre sexe rivalise actuellement le nôtre ; c'est le fruit de cette souveraine révolution.

CHARLOTTE.

Oh ! maman, que je voudrois voir ces Françaises ! si je pouvois les imiter.

DUMOURIER, *l'arrêtant.*

Vous les verrez bientôt, Mademoiselle ; mais nous sommes rompus de fatigue, et nous dévorons la faim. Voudriez-vous, Madame, nous faire servir, à la hâte, un morceau ? (*allant au fond du théâtre.*) Voilà un superbe ambigu qui se présente fort à propos ; permettez-vous ?.

Madame CHARLOT.

Monsieur, c'est le dîné de nos Généraux ; c'est pour la seconde fois qu'on l'a servi ; les soldats que mon mari a débauchés ont enlevé le premier, et..........

DUMOURIER, *en riant.*

Et nous pouvons disposer du second, n'est-ce pas ? C'est charmant ! (*coupant un morceau de pain et la cuisse d'une volaille.*) Allons, mes illustres compagnons, mes chers camarades, imitez-moi, c'est le dîné des ennemis, il doit être excellent, il est servi par les graces. (*Ils mangent tous avec un appétit dévorant, sans s'asseoir.*) Nous avons un appétit de diable, une faim de soldat, cela dit tout.

Madame CHARLOT, *s'approchant de la table et prenant une bouteille.*

Je veux vous verser à boire.

DUMOURIER.

Vous trinquerez avec nous, et ce bel ange aussi.

Madame CHARLOT.

Très-volontiers.

DUMOURIER.

Allons, mes amis, à la santé des soldats français.

Madame CHARLOT.

Et moi, je bois à celle de Mars qui les commande.

DUMOURIER.

C'est trop, aimable dame, et je ne mérite pas cet hommage. (*Regardant Charlotte.*)

Allons mes amis, à la santé de la république française, et des hommes libres.

LES SOLDATS.

Et de notre Général.

SCENE XVII.

LES PRÉCÉDENS, CHARLOT, *au fond du théâtre et levant les bras au ciel.*

CHARLOT.

Que vois-je ! Ma femme qui trinque avec le général Dumourier ? (*Se précipitant dans les bras de Dumourier.*) O ! notre libérateur, dieu des armes, héros magnanime, permettez-moi de vous embrasser bien amicalement, bien fraternellement, et vous aussi mes chers concitoyens, que je vous serre dans mes bras ; je sens que je pleure malgré moi ; mais ce sont des larmes de plaisir ! Ma femme leur a tu donné tout ce qu'il leur falloit ? Que voulez vous ? Que désirez-vous ? Mon argent, ma fortune, tout est à vous. O mes concitoyens ! me pardonnez-vous ? Je n'ai accepté la place de cantinier de l'armée ennemie, que pour mieux servir mon pays. Mais ne vous hasardez pas dans la plaine, vons êtes attendus aux portes de Bruxelles, et l'on pourroit vous engloutir. Toutes les avenues, l'entrée des forêts, les colines, sont environnées d'embûches; par-tout la mort vous attend. La guerre des tyrans n'est pas la guerre franche des peuples.

DUMOURIER.

Je le sais ; mais partout la victoire nous attend :

nous étions un peu fatigués, voilà un à compte que nous avons pris. Mon ami, nous nous reverrons, je l'espère; il faut rejoindre l'armée. Allons, camarades, allons chercher notre lit au milieu des champs, nous n'aurons pas la peine de nous déshabiller. Je vous donne, mes amis, demain, à déjeûner à Bruxelles. La bonne nuit que nous allons passer!

CHARLOT.

Je veux reconnoître la place où vous allez vous poster, pour pouvoir y porter quelques renforts....

Madame CHARLOT.

Et moi je veux voir ces jeunes guerrières.

CHARLOTTE.

Moi aussi, maman.

Madame CHARLOT.

Non, mademoiselle; allez joindre les chariots de la cantine, nous ne serons pas long-temps.

DUMOURIER.

Les bonnes gens! L'aimable enfant! Citoyens guerriers, à l'ordre. Faites marcher la troupe.

(*Ils marchent tous en file, au son de la carmagnole. Charlot prend sa femme et sa fille, et ils sortent en sautant.*)

Fin du second acte.

ACTE III.

SCÈNE PREMIÈRE.

Le théâtre représente l'entrée des hauteurs d'Andrelech.

(Deux détachemens de soldats allemands, d'Officiers allemands).

L'AIDE-DE-CAMP *(aux soldats).*

Soldats en embuscade à l'entrée de la forêt. Vous, par là; moi par ici.

(Ils se divisent en deux, et sortent par le côté opposé. Grisbourdon entre au milieu des deux détachemens en même tems qu'ils défilent).

SCÈNE SECONDE.

GRISBOURDON *seul.*

Allons, il faut prendre son parti, il n'y a rien à esperer avec madame Charlot. Pour cet espion, leur digne collègue, ce fourbe en rapines, il est deja pendu, graces à mes soins. j'espère que M. Charlot ne tardera pas à le suivre. Je l'attends à notre rentrée à Bruxelles; ah! madame Charlot, vous ne savez donc pas ce que peuvent les desirs méprisés d'un prêtre? Nous ne sommes pas de ces hommes du monde à qui l'amour fait tourner la tête ; nous autres, nous gardons notre sang-froid, notre à-plomb. La calomnie et la vengeance nous défrayent de vos dédains ; ah ! vous avez de l'esprit, et vous n'avez pas celui de craindre le ressentiment de Molinard Grisbourdon. Commençons d'abord par humilier son amour-propre ; je vais lui écrire qu'elle est laide, que je ne voulois que l'éprouver, et je vais, en même tems répandre un libel scandaleux sur son compte dans l'armée. Elle s'est déjà fait beaucoup d'ennemis. Quoiqu'aimable, elle a quelque chose de fier, de repoussant, qui vous glace ; allons, Grisbourdon, ne perdons pas de tems, livrons d'abord le mari, c'est le seul moyen d'obtenir la femme, et si je pouvois seduire la fille aussi. Elle est ma foi gentille ; ah ! il faut fair arrêter la femme avec le mari ; cela vaudroit beaucoup mieux, pas si mal : suivons cette idée, et allons rejoindre le général Clairfait pour la mettre à exécution.

SCÈNE III.

LE CHEVALIER, CHARLOTTE (*descendant de la colline, et s'arrêtant à moitié chemin pour laisser sortir Grisbourdon*).

LE CHEVALIER (*tenant Charlotte par la main*).

Il est déjà loin. Dissipés vos craintes, belle Charlotte ; amour, fais que je puisse triomphier de la tyrannie et décider mon amante. Tout est prêt pour notre fuite, c'est le seul moyen de vaincre tous les obstacles.

CHARLOTTE

Ah ! Chevalier, qu'exigés-vous de moi ? que faut-il faire ?

LE CHEVALIER.

Suivre le plus tendre, le plus fidèle des amans.

CHARLOTTE.

A mon âge, on peut sentir les premiers traits de l'amour ; mon cœur en vous voyant en fut pénétré ; mais mon devoir, mon devoir.... je dépends d'un père, et d'une mère qui m'aiment tendrement.

LE CHEVALIER.

Ils ne vous aimeront pas moins. Ce n'est pas eux que je redoute le plus ; c'est mon père, c'est sa tyrannie.... Il ne consentira jamais à nous unir ; mais, ma Charlotte, vous connoissez mon projet ; j'abandonne ma patrie pour servir la cause de la liberté. Ce projet exécuté m'obtient le consentement de vos parens ; que m'importe ma nation, et les vains titres de ma famille ! ils n'ont pour objet que la tyrannie. Je trouverai du service dans l'armée de la république française ; j'embrasse l'état de votre père, il n'y a rien que je n'entreprenne pour vous obtenir.

CHARLOTTE.

Puis-je résister à l'art que vous avez de persuader

persuader un cœur sans défiance, et dès ce moment, je me sens enflammé du même héroïsme qui anime ces deux jeunes françaises; je veux les imiter, pour désarmer mon père et obtenir mon amant de son aveu. mais fuir avec vous ? . . . Les vêtemens de mon sèxe. . . .

LE CHEVALIER.

J'ai pourvu à tout ; je me suis muni d'un habit, et de tout ce qui peut favoriser mon amour, et notre fuite. On a raison de dire que d'heureuses intelligences veillent au bonheur des amans; le dieu d'amour, plus puissant que tous les argus, endort leur vigilance ; mais j'entends du bruit.

SCÈNE IV.

Les Précédens, un bataillon de soldats français.

L'ADJUDANT français.

Soldats, préparez vos armes, l'ennemi occupe cette colline.

LE CHEVALIER *courant au-devant de lui.*

Guerrier français, homme libre, au nom de la sainte humanité, daignez recevoir un officier allemand au rang de vos soldats citoyens. Je passe, avec mon amante, dans votre armée ; je veux répandre tout mon sang pour laver la tache de celui que j'ai reçu de mes peres.

L'ADJUDANT français *laisse tomber son épée et se jette au col du Chevalier.*

Tous les hommes sont freres, quand l'honneur les rapproche. Brave jeune homme, je te reçois avec reconnoissance, deviens notre digne compagnon d'armes.

LE CHEVALIER.

Si je pouvois avoir le bonheur de parler au général Dumourier.

L'ADJUDANT.

Rien n'est plus facile, l'embarras est de savoir où le trouver; mais nous le verrons ensemble à Bruxelles.

LE CHEVALIER *se retournant.*

Je vois s'avancer l'aide de camp de mon père, à la tête d'un détachement français, fonçons sur ces vils esclaves.

SCENE V.

LES PRÉCÉDENS, L'AIDE-DE-CAMP, *à la tête d'un détachement autrichien, sur le haut de la colline.*

L'AIDE-DE-CAMP *regardant le Chevalier.*

Je ne me trompe pas, c'est M. le chevalier, le fils du général Clairfait, à la tête de nos ennemis. Bas les armes, mon officier, ou je vous tue.

L'Adjudant français.

Intrépides soldats de la liberté, feu sur l'ennemi.

Après la décharge.

Le Chevalier.

En avant sur eux, *Il monte la colline, tenant Charlotte par la main.* Rassurez-vous, mon adorable Charlotte, nous sommes déja libres. *Appercevant Charlot.* Fuyons au plus vîte, voilà votre pere.

Charlotte.

J'obéis à la gloire, à l'amour.

SCENE VI.

L'Espion, Mde. Charlotte, Charlot.

Ils entrent pendant que les français montent la colline.

L'espion entre par une coulisse opposée à Charlot.

Charlot *reconnoissant l'espion et volant dans ses bras.*

Quoi, monami, te voilà libre? comment tu n'es pas mort? Mais quel accident t'est-il donc arrivé; tu as le col tout de travers.

L'Espion *le col de travers.*

Oh! ce n'est presque plus rien, c'est un torticolis d'aventure.

CHARLOT.

Je commence à comprendre.

L'ESPION.

Au moment du combat, les autrichiens furieux battoient en retraite; fort embarrassés de ma personne, ils se sont avisés de m'accrocher; heureusement pour moi, que quelques soldats que j'avois gagnés, et qui n'avoient pas eu le tems de déserter, ont eu en courant la politesse de couper la corde qui me tenoit suspendu en cérémonie de l'ancien régime; un autre m'a donné un verre de bran-de-vin, et me voilà ressuscité. Il m'en reste encore une petite entorse dans le cou; mais ce ne sera rien. Ça commence à se remettre, allons, vive la liberté, il ne m'en a coûté qu'une secousse; mais c'est la rocambole du métier, et de deux mille esclaves j'ai fait deux mille hommes.

CHARLOT.

Ce que c'est que le bonheur! Quoi, mon ami, tu as échappé, peut-être estropié pour la vie; c'est une leçon qui refroidit bien le feu du courage, n'est-ce pas.

L'ESPION.

Avant la cérémonie; mais quand on en est revenu, on affronteroit l'armée des Janissaires.

CHARLOT *riant*.

Oh! oh! oh! jamais pendu ne fut plus aimable. Allons, mon ami, vive la république française ; les hommes qui la défendent ne peuvent plus périr.

L'ESPION.

J'en suis, je pense, un grand exemple, et je m'en vante.

CHARLOT.

Tu as raison, je t'admire ; mais, en te regardant, je ne puis m'empêcher de rire.... Oh ! oh ! ma femme a l'air bien agité.

Mde. CHARLOT *au fond du théâtre et regardant dans les coulisses.*

Criant, Charlotte, Charlotte, je ne la trouve nulle part. *S'appuyant sur le bras de son mari.* Oh ! mon ami, nous l'avons perdue ; on nous l'a enlevée, c'en est fait.

CHARLOT, *avec désespoir.*

On m'a enlevé ma fille ! ô malheureux pere ! C'est de notre faute. Avons-nous pu la laisser un instant seule, après ce que nous savions ? J'irai par-tout la chercher ; j'aurai la vie de cet infâme ravisseur, où il aura la mienne. Que sait-on ? Peut-être l'a-t-il conduite dans le fond de l'Allemagne ?

Mad. CHARLOT, *dans la plus vive douleur.*

O mon dieu, mon dieu, que je suis malheureuse ! J'en mourrai de douleur.

CHARLOT.

Voici le pere de cet infâme ravisseur.

L'ESPION, *se sauvant.*

Je me sauve.

SCENE VII.

Les précédens, le général Grisbourdon, Soldats au fond du théâtre.

Mad. Charlot *allant au-devant du Général.*

Monseigneur, je vous demande justice ; nous ne sommes que des pauvres vivandiers. Mais, vous le savez, l'honneur étoit toute notre fortune. M. le Chevalier nous a enlevé notre fille.

Grisbourdon, *bas au Général.*

C'est une ruse, Monseigneur.

Le Général, *bas à Grisbourdon.*

Je le sais (haut) : on m'a assuré que vous étiez complice du rapt; que vous aviez même favorisé l'amour de mon fils, pour le faire passer au service de France.

Mad. Charlot.

Complice? je ne me connoîs plus. Les voilà ces nobles qui ne sentirent jamais la vertu, et qui ne connurent jamais le véritable honneur ; ils pensent qu'il est de même étranger au peuple. Je n'ai que deux mots à vous dire ; votre fils épousera ma fille, ou je lui brûle la cervelle. Je le trouverai, fût-il caché dans les enfers, et il ne m'échappera pas.

GRISBOURDON.

Monseigneur, vous l'entendés ; faites un exemple de ce misérable.

LE GÉNÉRAL, *avec orgueil.*

Epouser votre fille? quelle audace ! est-ce là le ton, le langage d'un vivandier, d'un homme de votre espèce ?

CHARLOT.

C'est celui d'un Français, d'un homme libre, et cette espece vaut bien celle des esclave comme vous.

Mad. CHARLOT.

Mon ami, que fais-tu ?

CHARLOT.

Mon devoir, mon sort est rempli.

LE GÉNÉRAL.

Quelle audace? à moi, soldats. *Les soldats s'avancent.*

Mad. CHARLOT, *se jettant aux pieds du Général.*

Monseigneur, je vous demande pardon pour lui : c'est mon fils.... c'est ma fille....

LE GÉNÉRAL, *avec fierté.*

Je n'écoute rien que mon juste ressentiment.

CHARLOT, *avec colere.*

Leve-toi : on voit bien que tu n'es pas Française ; mais tu le seras bientôt.

Mad. CHARLOT, *avec sensibilité.*

Cruel, je suis mere, et épouse.

SCENE VIII.

L'AIDE-DE-CAMP, LES PRÉCÉDENS.

L'AIDE-DE-CAMP.

Mon général, l'armée Française est invincible; déja la moitié de nos hommes sont étendus par terre: votre fils.... je crains de vous affliger, est à la tête d'un détachement français. Il court au camp de nos ennemis; il tourne les armes contre son pays, contre son pere.

LE GÉNÉRAL.

Le traitre!

CHARLOT, *à part avec gaiété.*

Je lui pardonne.

Mde. CHARLOT.

Et ma fille, Monsieur l'aide-de-camp.

L'AIDE-DE-CAMP.

Votre fille, madame! vous savez bien qu'elle suit M. le Chevalier, et qu'elle passe avec lui dans l'armée Française, nous avons voulu les arrêter, ils ont tiré sur nous à brûle pour point.

CHARLOT, *avec plus d'enthousiasme.*

Charmante, le chevalier la raménera oui,

oui, il la raménera ; mais dieu sait comme il nous la rendra.

LE GÉNÉRAL *en colère.*

Traîtres, vous n'étiez pas leurs complices ! qu'on les enchaîne tous deux, et qu'on les conduise dans les prisons de Bruxelles. J'en veux faire un exemple terrible.

Mde. CHARLOT, *se jettant dans les bras de son mari.*

O mon ami, je n'avois rien à désirer, j'étois trop heureuse.

CHARLOT.

Il ne te manquoit que d'être Française, mais rassure-toi ; ton sort sera bientôt rempli.

LE GÉNÉRAL.

Otez-les de ma présence, (on les amener.) Il faut envoyer un renfort de dix mille hommes à Bruxelles. Le prince de Wirtemberg m'a donné l'ordre ; quoique la place soit imprenable, il faut tout prevoir.

L'AIDE-DE-CAMP.

Mon Général, on dit que la ville parle de se rendre, et je doute du succès.

LE GÉNÉRAL.

Allons, tandis que le prince de Wirtemberg occupe les hauteurs d'Anderlech, et fait feu sur les Français avec avantage, allons par une contenance soutenue, relever le courage des habitans de Bruxelles.

A l'aide-de-camp.

Et vous officier, aide-de-Camp, rassemblez tous les détachemens sur les hauteurs d'Anderlech.

SCÈNE IX.

GRISBOURDON *seul se frotant les mains.*

Voilà d'abord un demi-succès ; la petite m'est échapée, mais je tiens la mère, et son coquin de mari. J'espére les faire prendre tous deux à la fois. Ah! Mde. Charlot, vous savez actuellement ce que peut l'orgueil d'un prêtre irrité. Que je la hais! Quelle est laide à present! Voyons quels sont les forfaits dont je puis encore les charger. (*Il réfléchit.*)

SCENE X.

TAPEALŒIL, GRISBOURDON.

TAPE A L'OEIL. *Dans le fond du théâtre, une trique à la main.*

Le voilà! O scélérat! Caffard des enfers! Si je pouvois t'envelopper dans ton froc de crimes, et t'assommer avec cette trique. Prenons nos dimensions pour le saisir. . . . . *Il va et vient.* l'Egrillard a les bras nerveux, il ne les a pas énervés à des travaux pénibles.

GRISBOURDON.

Courrons à Bruxelles, ne perdons pas de tems, leur procès est déja fait. Que j'aurai de plaisir à contempler cette Mde. Charlot ! Elle aura beau faire, ses pleurs, ses cris, sa jolie mine n'obtiendront rien ; plus elle est jolie, plus l'exemple est digne de nos maximes. *S'en allant et reculant de peur, en voyant Tape l'œil.* Que vois-je ! Est-ce un spectre ? .... C'est lui..... Je ne me trompe pas...... C'est ce coquin - d'espion..... A Saint François de Sales. . . . On aura coupé sa corde, et le frippon en sera revenu.

TAPE A L'OEIL, *regardant si personne ne vient.*

Oui, infâme nazillard, j'en suis revenu pour t'assommer.

GRISBOURDON, *avec hypocrisie.*

Un moment, un moment, mon garçon ; nous pouvons, si tu veux, nous arranger ensemble. Nous sommes à-peu-près du même métier ; Mercure n'a pas dit que les loups se mangeroient. Faisons la paix pour l'honneur du corps.

TAPE A L'OEIL, *en colère.*

Moi, de ton métier ! Coquin, je suis espion, il est vrai, je n'en fais pas le fier ; mais c'est pour une bonne cause. Cet état m'honore, et je l'illustre aujourd'hui ; mais toi, glouton, paresseux, lâche, inutile à la société, corrupteur des hommes, et profanateur de la morale d'un Dieu clément, reçois le châtiment que sa justice te réservoit..... (*Il lui donne des coups de bâton, le fait tomber par terre, lui marche sur le corps, et dit en sautant dessus lui.*) Es-tu mort, coquin ?

GRISBOURDON.

Ouf ! je rens l'âme.

TAPE A L'OEIL.

Ce n'est pas à Dieu, marand, mais on vient.... Si j'étois pris. Gagnons la ville de Bruxelles : allons jouer de mon reste, et ça ira. (*Il sort.*)

GRISBOURDON, *se relevant à moitié, et regardant s'il est sorti.*

Ouf ! le misérable m'a cassé les os.

SCENE XI.

L'AIDE-DE-CAMP, GRISBOURDON, *une arrière-garde de soldats Autrichiens.*

L'AIDE-DE-CAMP, *s'arrêtant pour regarder Grisbourdon.*

Alte. C'est le père Grisbourdon. Ah ! mon pauvre révérend. Qui vous a réduit dans un si pitoyable état ?

GRISBOURDON.

Ce misérable espion que nous avons pendu ce matin.

L'AIDE-DE-CAMP.

Comment ! il n'en est pas mort. C'est bien étonnant.

GRISBOURDON.

Non, de par tous les diables.

L'AIDE-DE-CAMP, *l'aidant à se relever.*

Vous jurez mon révérend. Allons, ce ne sera rien. Soldats, conduisez le père Grisbourdon, et rentrons vîte à Bruxelles. Les Français nous chassent de par-tout.

SCENE XII.

DUMOURIER, *à la tête de quatre hommes à cheval ou à pied. Les précédens.*

DUMOURIER, *bas à ses compagnons.*

Mes braves camarades, c'est le moment de nous signaler; nous ne sommes que quatre, et ils sont au moins quarante. Allons, mes amis, remportons encore cette victoire. (*Il court sur l'ennemi.*) Rendez-vous, ou je vous passe tous au fil de l'épée. (*Tous les soldats et officiers mettent bas les armes.*)

L'OFFICIER, *en tremblant.*

Valeureux général, nous sommes sans résistance, les soldats et moi, nous nous rendons.

DUMOURIER, *regardant le moine, et le tirant dehors des rangs avec la pointe de l'épée.*

Pour ce phantôme aussi lugubre que malfaisant, je n'en veux point. Je ne prends que des hommes. Retire-toi ; vas, disciple d'escobard, grossir la horde confuse de tes pareils, je vous réduirai tous à la fois.

GRISBOURDON, *relevant sa robe et se sauvant.*

Grand merci, mon général français, et je me sauve.

DUMOURIER, *se mettant à la tête du détachement, appercevant les deux sœurs Ferling qui se battent en haut de la colline contre cinq officiers allemands.*

SCENE XIII.

DUMOURIER, *se reculant dans le fond du théâtre.*

Ce combat vaut bien le nôtre ; deux femmes contre cinq allemands ; je gage qu'ils vont être battus. Voyons ceci ; c'est en vérité curieux, à merveille.

FRELING, *cadette.*

Ma sœur, il faut les désarmer.

FRELING, *aînée.*

Chargés vos pistolets, ma sœnr, et donnés-moi le pas.

FRELING, *cadette, charge ses pistolets, et court sur l'ennemi.*

Rendés-vous. (Elle décharge un pistolet, un soldat tombe par terre ; le combat s'engage. Les deux sœurs Freling battent les autrichiens, les désarment.)

FRELING, *aînée.*

Pour celle-ci, ma sœur, elle est bien à nous; nous sommes seuls, ces messieurs ne nous la disputeront pas; mais voici le général.

SCENE XIV.

Les PRÉCÉDENS, le génér. DUMOURIER.

FRELING, *aînée.*

Général, voilà quatre prisonniers; ils ont bien fait de se rendre, *en montrant le soldat mort.* Jour de Dieu, vous en avez la preuve, vous voyez que nous ne badinons pas; cet avantage n'est pas mince. *Aux autrichiens, tirant les officiers par le bras, et les traînant vers Dumourier.* Allons, lâches et vils satellites des tyrans, humiliez-vous devant l'épée de la république française, expédiez par un pardon exemplaire, devant l'Etre suprême, la bassesse de votre servitude; à genoux, je vous l'ordonne. *Ils tombent tous à genoux aux pieds de Dumourier, et joignent les mains au ciel.*

FRELING, *cadette, à Dumourier.*

L'attitude ne vous paroît-elle pas originale, général? C'est pire que de se rendre.

DUMOURIER, *riant.*

Ah, ah, en vérité! j'ai peine à croire tout ce que je vois.

Aux autrichiens.

Levez-vous, misérables, laches que vous êtes. Vous étiez cinq contre deux ; un de vous est tué, et les quatre qui restent sont vaincus et réduits à se rendre ; et quels sont ces héros de la république française qui vous ont défaits ? Deux femmes ! *Les deux Freling font un mouvement d'indignation contre le général.* Ne vous fâchez pas, mesdames, vous n'en serez pas moins méritantes, moins célebres ; mais il est nécessaire que je leur fasse sentir l'impuissance absolue de la cause qu'ils défendent, et du courage invincible que donne celle que nous servons. Regardez-les, ils ne peuvent revenir de leur étonnement ; voyez, mesdames, leur surprise. Eh bien ! oui, ce sont deux femmes, deux jeunes personnes qui vous ont battus et fait prisonniers. Enthousiasme belliqueux, si la gloire est un prestige, celle de la liberté a fait des prodiges qui serviront longtems d'exemple au monde. Allons, guerrieres, conduisez votre conquête, elle vous prépare de nouveaux lauriers. L'ennemi est réuni en force sur les hauteurs d'Anderlech ; je compte que ces messieurs voudront bien permettre de nous frayer un passage pour continuer notre route.

Freling *aînée.*

Général, j'espere que vous ne nous refuserez plus d'aller en embuscade. Je pense que nous nous en acquittons assez bien. Nous n'exigeons de vous que cette préférence.

Dumourier,

DUMOURIER, *en s'en allant.*

Cette préférence! hommes injustes que n'êtes-vous à portée de rendre comme moi justice à ce sexe aimable et aussi valeureux que le nôtre.

Ils sortent sur l'air: Allons, enfants de la patrie.

FIN du troisième acte.

ACTE IV.

SCENE PREMIERE.

Le théâtre représente d'un côté une forêt, et dans le fond les hauteurs d'Anderlech.

SUZETTE, LUCAS.

On entend le canon et les coups de fusils; ils entrent en courant.

LUCAS, *regardant de tous côtés.*

Ah! mon Dieu, mon Dieu! quel tapage! j'en avions le tintoin brisé. C'est une chose bien terrible, Suzette, que la guerre.

SUZETTE, *avec ingénuité.*

C'est bien vrai, Lucas; je n'avions jamais vu pareille chose, comme ils se tuont tous, ces hommes.

LUCAS.

Ah! Suzette, s'ils allions nous tuer aussi, nous, cela fait peur.

SUZETTE.

Oh ! dame , s'ils en avions la fantaisie, cela se pourroit très-bien.

LUCAS.

Et qu'est-ce qui garderoit nos bestiaux, s'ils nous tuons tous, Suze te ? Je ne savons rien de la tiopolitique ; mais quoique ça, les Français sont braves ; ils sont dans notre farme depis hier ; ils n'ont pas seulement touché ça, *faisant signe du doigt*, et les Allemands vous mangions tout.

SUZETTE.

Ah! cela est bien vrai ; t'as raison, Lucas, ils nous dévorent, quand ils passent près des vignes, c'est comme une grêle, il n'y reste rien, ils mangions jusqu'aux souches.

On entend une cornemuse.

LUCAS, *écoutant.*

Entends-tu la cornemuse du pâtre ? Il faut rassembler le troupeau. Allons, Suzette, comme le tems passe donc vîte avec vous ! Vous ne me disiez plus rien depuis queuque jour, mademoiselle Suzette.

SUZETTE.

Ce n'est pas à moi à commencer ; vous êtes toujours à courir après les Français, et vous me laissez la moitié du tems toute seule.

LUCAS.

Oh ! j'en sommes ben fâché, je vous aimons ben stapendant, mais voyez-vous mamselle Suzette, je n'vous disons pas tout. Si j'étions garçon d'une farme, et que je n'eussions ni pere ni mere, ah! je ne répondrions pas de ce que je ferions. Cet amour de la liberté, c'est si biau! ça vous remue l'ame! ça vous donne de l'esprit à ceux qui n'en avions pas. Je sentons ben que je ferons des nôtres, si la moutarde nous monte au nez. *Il tire une cocarde de sa poche.* Tenez, voyez-vous ce signe, j'allons la mettre à notre chapeau, que m'a donné un brave soldat français; *il met son chapeau avec un air luron*, eh bien! mamselle Suzette, ne suis-je pas biau? ça me donne un air luron, n'est-ce pas.

SUZETTE, *avec peine.*

Allez, monsieur Lucas, je voyons ben que vous voulez me quitter, je ne vous aimons pu, et je ne vous aimerons de la vie. Je savons très-ben qu'après cela j'en mourrons, et vous en serez la cause.

LUCAS.

Ne me parlez pas comme ça, ne me parlez pas comme ça; cela nous tue tous tout vivant, voyez-vous?

SUZETTE.

Eh bien! je n'en parlerons pu, mais à condition que vous ne parlerez pas de nous quitter. J'avons ben assez de peine de penser que vot pere n'voudra pas que je vous épousions, parce que je sommes pas riche.

L u c a s , *avec un air niais.*

Tiens, les peres actuellement ? il faut toujours leur porter respect : ça c'est juste ; mais pour les mariages de garçons et de filles, ça ne les regarde pas, c'est ben naturel. J'allons vous dire, avant de nous en aller, une chanson que j'avons appris depis hier. *Il regarde le soleil,* j'avons le tems, le soleil ne fait que se coucher.

S u z e t t e.

Et si la nuit nous gagne ? Tiens, Lucas, ne nous arrêtons pas pu longtems, allons rassembler nos bestiaux ; vous savez très-bien quej'allons à Bruxelles de bon matin. Allons, allons, je n'avons pas du tems à perdre.

L u c a s.

Morguiene, vous entendrez ma chanson, je ne nous sommes pas mis en train pour rien, et pis je savons aussi qu'elle vous fera plaisir ; vous allez entendre, écoutez seulement. . . Jarnigoi, ça seroit ben meilleur si vous la chantiez, vous avez une pu jolie voix que nous, tenez ; dégoisez-nous ces couple s, vous savez lire, c'est ben écrit. Oh ! dame, c'est un bon républicain qui nous l'a donnée.

Lucas fredonnant l'air : on compteroit tous les diamans.

S u z e t t e.

Je n'avons pas de résistance ; mais je vous

avertissons que si je ne chantons pas ben ; ça ne sera pas de notre faute. Je ne savons pas autrement cet air.

LUCAS.

Chantez donc, ça ben vite.

Couplets sur l'air : On compteroit les diamans.

SUZETTE *chante les couplets.*

Lubin étoit un biau garçon,
Il aimoit tendrement son père,
Mais il aimoit aussi Lison,
Qui déplaisoit à sa chère mère.
Pour mettre fin à ses malheurs,
Il leur dit un jour en colère :
Je vous ferai verser des pleurs ;
Car je pars demain pour la guerre. *bis.*

Le pere survient à l'instant,
Et Lubin s'enfuit du ménage,
En lui disant tout en chantant :
Oh! j'ai lu le livre du sage.
Il vous apprend, en peu de mots,
Où s'étendent les droits d'un pere,
On doit le goûter à propos,
Suivez cet avis salutaire. (*bis*)

Il faut vivre pour son prochain,
C'est la devise de la France,
Affranchir tout le genre humain
Par un grand pacte d'alliance,
Rendre aux hommes les saintes loix
De la nature souveraine.
Peres, voilà quels sont vos droits.
Vous enfans, voilà votre chaîne.

LUCAS.

Quand je vons disions, Mademoiselle Suzette, que c'étoit biau. Tatigué j'vous aimons le double davantage actuellement que vous chantez ben !

SUZETTE.

Oh ! je ne chantons pas mieux qu'une autre ; mais je ne savions pas tout ça. Vous avez bien raison, M. Lucas, de nous dire s'te chanson étoit très-jolie. Je voulons aussi l'apprendre par cœur. Mais voilà la nuit, je n'aurons jamais le tems de rassembler nos bestiaux, et puis vous savez ben....

LUCAS, *riant.*

Tiens, Suzette, c'est fait. Voilà le Pâtre qui rentre. Je gageons qu'il a rassemblé ton troupeau et le mien.

SUZEZTTE.

Eh ben, oui allons-nous-en, mais j'avons ben peur, Lucas.

LUCAS, *la prenant par le bras.*

Allons, donnez-moi votre jolie main. Eh ! n'êtes-vous pas avec moi ? Fi que c'est vilain d'avoir peur avec son amant. Ah ! dames : j'allons demain matin à Bruxelles ensemble; vous n'aurez pas peur : je ferons peut-être le voyage avec ces français lurons.

(*Ils sortent.*)

SCENE II.

CHARLOTTE, LE CHEVALIER.

CHARLOTTE *en habit d'officier*

Je tremble... ô ma mere ! .... ô mon pere ! qu'ai-je fait ?

LE CHEVALIER.

Mon adorable Charlotte, que vos alarmes pénetrent mon cœur ! Vous n'avez pas quitté vos parens, pour vous en séparer à jamais. Songez que vous ne vous en êtes éloignée que dans l'espoir de vous unir à moi. Ah ! Charlotte, si vous vous rappellez leur sévérité, songez qu'elle étoit aussi terrible que celle de mon pere. Jamais ils n'auroient approuvé notre union. Il falloit cesser de nous aimer, ou prendre ensemble le parti de la fuite. Pourquoi vous repentir d'une démarche qui met le comble à notre félicité ? L'armée française est campée près d'ici. Je demande du service au Général : il vous connoît déja, il s'intéresse à votre famille ; votre pere est français, il nous unira, nous serons heureux, noas le serons : cessez de vous affliger.

CHARLOTTE.

Ah ! Clairfait ! pourquoi faut-il que la voix de l'amour soit plus persuasive que celle du devoir.

LE CHEVALIER.

Votre devoir sera rempli, belle Charlotte. Vos parens sauront bientôt que vous n'avez pas suivi un homme sans honneur, mais un époux tendre et respectueux.

CHARLOTTE.

Eh bien! je me confie à vous. Allons, conduisez-moi auprès de ces deux guerrieres qui combattent à la tête de l'armée française. Il faut me distinguer : je veux mériter mon amant, mais la nuit est tout-à-fait tombée. Comment nous conduire!

LE CHEVALIER, *la prenant par la main.*

Je connois le chemin.

CHARLOTTE, *écoutant.*

J'entends du bruit.

LE CHEVALIER.

C'est celui des feuilles qui s'agitent.

CHARLOTTE.

Hélas! Mon cœur tremble comme elles.

LE CHEVALIER.

La belle nuit.!

CHARLOTTE.

Mais quel sera le jour qui la suivra?

LE CHEVALIER.

Celui de l'hymen et de l'amour.

SCENE III.

Les précédens, les deux sœurs Freling, le général Egalité à la tête d'un détachement de volontaires.

FRELING aînée, *bas à ses soldats.*

Alte.

L'ÉGALITÉ.

Qui vive ?

FRELING aînée.

Français.

ÉGALITÉ.

Avance à l'ordre ?

FRELING aînée.

L'ennemi est par-là.

FRELING, Cadette.

Ne vous trompez-vous pas? Je crois au contraire qu'il est de ce côté.

LE Gal. ÉGALITÉ.

Séparons nos guerrieres, et tâchons de le bloquer, ce n'est qu'un détachement. *Ils se partagent en trois et entourent le Chevalier, et Charlotte en leur mettant la bayonnette sur la poitrine.*

FRÉLING, aînée.

Bas les armes.

FRÉLING, cadette.

Rendez-vous.

LE Gal. EGALITÉ.

Si vous bougez, vous êtes morts.

LE CHEVALIER.

Français, arrêtez.

CHARLOTTE, *jettant un cri perçant.*

Ah! Chevalier, nous sommes perdus!

ÉGALITÉ.

C'est la voix d'une femme.

FRÉLING, aînée.

Vraiment, c'est une femme.

LE CHEVALIER, *bas.*

Français, protegez-nous. Je suis le fils du Général Clairfait. Je passe daus votre armée, j'ai déja combattu à la tête d'un de vos détachements, nos ennemis communs.

FRÉLING ainée.

Et cette femme?

ÉGALITÉ.

Quelle étrange aventure!

LE CHEVALIER.

C'est mon amante, la fille du Cantinier de l'armée Autrichienne.

ÉGALITÉ.

Nous voulons bien vous croire; mais comme il est bon de se défier de tous ceux qu'on ne connoit pas, tu vas nous dire où est l'ennemi et nous suivre.

LE CHEVALIER.

Oh très-volontiers ! Le camp occupe les hauteurs d'Anderlech, et ici tout près, est un détachement de deux mille hommes.

FRÉLING, cadette.

Ne seroit-ce pas une ruse de guerre ?

CHARLOTTE.

Oh ! non, je le proteste. Je n'ai suivi mon amant que qour combattre aux côtés des deux guerrières, Fréling, et les imiter.

ÉGALITÉ, *riant.*

Ma foi, mes dames, cette aventure est charmante pour vous.

FRELING, cadette.

Ne croyés pas badiner, général, cette aventure fera un bruit du diable.

FRELING, aînée.

Moi, je prends ceci au sérieux ; je l'enrôle, et je la place à côté de moi ; pour l'amant, chargés-vous-en, général Egalité.

FRELING, cadette, *écoutant, allant au fond du théâtre.*

Paix, paix, l'ennemi s'approche.

SCENE IV.

Un détachement autrichien, les PRÉCÉDENS, un OFFICIER autrichien.

L'OFFICIER autrichien.

Qui vive ?

FRELING aînée.

Français, rends-toi autrichien.

L'OFFICIER autrichien.

Soldats, fonçés sur l'ennemi ; il est ici.

FRELING aînée.

Soldats de la liberté, à moi. *Elle prend l'officier au collet.* Je tiens l'officier.

LE GÉNÉRAL EGALITÉ.

Sans quartier, camarades, puisqu'ils résistent. *Ils tombent sur les autrichiens, le combat s'engage, les autrichiens sont étendus par terre.*

FRELING ainée.

Ma sœur, Egalité, comptés vos soldats.

EGALITÉ.

Nous sommes maîtres du champ de bataille.

FRELING cadette.

Je n'ai pas perdu un homme.

FRELING ainée.

Ni moi non plus.

EGALITÉ.

Ni moi.

CHARLOTTE.

J'ai tué deux autrichiens pour ma part.

EGALITÉ.

Pour un début, cela n'est pas mal. Qu'en pensés-vous, guerriers intrépides ?

FRELING, aînée.

Fort bien, courage, mon enfant.

LE CHEVALIER.

Je suis blessé à la main, mais cela ne sera rien.

CHARLOTTE.

Blessé.

FRELING ainée.

Oui, blessé, mon enfant dans un combat glorieux. Ces blessures valent bien celles de l'amour.

SCENE V.

DUMOURIER, LES PRÉCÉDENS, *au fond du théâtre.*

DUMOURIER *écoutaut et appellant.*

Je ne me trompe point : l'Egalité, Freling.

FRELING cadette.

Mais je crois que c'est la voix de notre général.

EGALITÉ.

Quoi ! notre général, vous allés aussi en escarmouche ?

DUMOURIER.

Pourquoi pas, tout comme un autre, mes amis, et je ne suis pas malheureux.

FRELING ainée.

Oh ! ne vous plaignés point, général, nous n'avons pas laissé un autrichien, ils sont tous étendus par terre.

DUMOURIER. *avec gaieté.*

En ce cas, mes braves, je suis plus heureux que vous. Je n'ai pas tué un homme, et j'ai fait deux mille prisonniers.

FRÉLING. Cadette.

Ah! vous avez raison, Général, vous êtes aussi intrépide qu'heureux, et si uous avons fait rougir la terre du sang de nos ennemis, ce n'est pas notre faute.

DUMOURIER.

J'en suis persuadé.

ÈGALITÉ.

Mon Général, je gage que vous n'avez pas fait une conquête aussi agréable que la nôtre.

DPMOURIER.

Cela se pourroit bien, rien ne m'étonne de votre courage, ainsi que de celui de ces deux aimables guerrières.

ÉGALITÉ.

Vous en compterez trois actuellement.

DUMOURIER.

Badinez-vous?

ÉGALITÉ

Je parle sérieusement. *Prenant Charlotte par la main.* Regardez cette aimable enfant.

DUMOURIER, *la regardant de près.*

Elle est ma foi jolie! Autant que j'en peux juger à travers le crépuscule.

ÉGALITÉ.

Vous ne vous trompez pas, mon Général, vous avez le tact des jolies femmes.

DUMOURIER, *la regardant de plus près.*

Cette phisionomie ne m'est pas inconnue.

CHARLOTTE.

Mon Général, je suis la fille de Madame Charlot.

DUMOURIER.

Oui, vraiment, mon enfant, je vous reconnois, et par quelle aventure? . . . . .

LE CHEVALIER.

Homme valeureux, permettez-moi d'en faire le détail.

DUMOURIER, *l'arrêtant.*

Vous êtes amant, je devine le reste, je m'interresserai à vous; vous n'avez pas oublié, mes amis, que je vous donne à déjeuner à Bruxelles, et j'espère que les Brabançons nous défrayeront à leur tour de nos fatigues. Venez, suivez-moi : vous me raconterez cela en chemin : ne perdons pas de tems, cette guerre est aussi glorieuse qu'étonnante.

ÉGALITÉ.

Vous avez raison, mon Général, je commence à croire que le merveilleux se joint au réel pour rendre les Français invincibles ; on pourra vous surnommer à juste titre, le génie de la République.

DUMOURIER.

Partons, partons, mes amis, le courage et le bon droit de la cause que nous défendons, voilà le génie qui combat pour nous, et croyez, jeune homme, qu'un vieux soldat ne voit pas avec le même enthousiasme que vous ce triomphe guerrier. Je sais faire la guerre, il est vrai ; je n'ai jamais combattu les tyrans avec plus de courage ; c'est la gloire des nations que je défends, et non l'orgueil humilié d'un despote, mais j'abhorre la guerre ; mon œil se détourne quand mon bras frappe, et je n'aspire qu'au moment de voir la terre délivrée des tyrans, pour finir paisiblement mes jours sous le toît d'une chaumière, accrocher au cloud qui tient suspendu les droits de l'homme, cette épée qui les défendit. Voilà, voilà, mon unique ambition. La conquête du monde est faite ; les tyrans sont vainçus, c'est l'ouvrage de tous les Français. *On entend des coups de fusils, et des coups de canons.* Camarades, il paroît qu'on nous suit de près.

Je

Je crois que nous sommes aux pieds des hauteurs d'Anderlech.

EGALITÉ.

Mon général, vous ne vous trompés pas, et je pense que toutes les forces sont de ce côté.

LE CHEVALIER.

Oui, vous avez raison, ils sont en force; le corps de l'armée est porté sur les hauteurs, et, si le général veut m'en croire, il laissera quelques détachemens de volontaires pour tenir en suspens l'ennemi.

DUMOURIER.

Bravo, jeune homme, je suis enchanté que nous nous soyons rencontrés. *Une seconde bordée de canon fait rouler des boulets sur la scène; un feu s'allume sur les hauteurs.*

DUMOURIER *ramassant un boulet qui est tombé à ses pieds.*

Cette dragée n'est pas mince, mes amis. *En regardant la montagne*, ah! ces messieurs s'éclairent.

LE CHEVALIER.

Je vous assure, mon général, qu'ils n'y voyent goutte, ils ont perdu la tête.

FRELING ainée.

J'en conviens, mais ils n'en tirent pas moins au hasard sur nous, et, sans rien diminuer de notre courage, je crois que nous pouvons l'employer ailleurs ; qu'en pense le général ?

DUMOURIER.

En vérité, les siecles à venir auront bien de la peine à croire cette guerre. Des enfans des femmes, tous combattent en héros ; que je suis heureux ! mes amis, je m'attendris de plaisir, malgré moi. Allons, mes braves camarades, mettons-nous en face de l'ennemi, et, quand nous l'aurons défait, je m'acquitterai de ma promesse. *Le canon tire.* Mes braves compagnons, cette dernière canonade nous apprend ce qui nous reste à faire. Général Egalité, faites avancer l'armée, il faut gravir cette montagne et fondre sur l'ennemi à l'arme blanche ; je monte le premier à l'assaut ; le fanal des tyrans éclaire les soldats de la liberté.

Ils montent avec précipitation et toute l'armée le suit ; on entend le canon, on entend des cris lugubres et le cliquetis des armes sur la hauteur, et l'on ne se bat qu'à l'arme blanche.

DUMOURIER *sur la hauteur.*

La victoire est à nous ; l'ennemi est défait et prend la fuite. Soldats républicains, rien ne peut désormais s'opposer à nos succès. Plantés, sur le sommet de cette montagne, à la place de l'étendard des tyrans, celui de la liberté, et poursuivons l'ennemi.

On fait l'échange du drapeau, et ils défilent tous au son de l'air ça ira, et sortent sans descendre, en traversant la montagne.

FIN du quatrième acte.

ACTE V.

Le théâtre représente la grande place de Bruxelles ; sur l'un des côtés est la maison-de-ville, en face de celle du Bourguemestre ; dans le fond du théâtre on voit la porte de France.

SCENE PREMIERE.

GRISBOURDON. *seul.*

Ah ! rusé espion, et toi coquin de Charlot, je vous tiens enfin tous deux, et je vous défie bien de m'échapper actuellement. Pour madame Charlot, elle a obtenu sa grace ; le général est foible, les pleurs d'une femme son désespoir.... les prières des officiers, la pitié des soldats ; tout ce vacarme l'a désarmé. Quelle différence de nos principes ecclésiastiques avec ceux des militaires : ils n'ont que de l'effervescence, fier, sans savoir pourquoi ; la générosité, le point d'honneur, ah ! oui, c'est bien beau ; c'est avec cette morale que l'on perd les gouvernemens ; pauvre espece humaine, que serois-tu, sans nous ! Nous n'avons pas besoin de canons pour te réduire, une parole nous suffit, le saint mystère ; c'est avec ce moyen que nous sauverons l'état ; et bientôt les français.... On vient, feignons....

SCENE II.

GRISBOURDON, LE BOURGUEMESTRE, LE CONSEILLER DE VILLE

GRISBOURDON *avec un air caffard.*

Organes de la loi, dignes magistrats de la ville de Bruxelles, est-il tems de préparer ces coupables à comparoître devant le tribunal divin ?

LE CONSEILLER de ville.

Hélas ! mon révérend, il est inutile de vous presser ; le moment n'arrivera que trop tôt, et je pense que ce n'est pas l'iustant de faire des exemples.

GRISBOURDON *avec colere.*

Que dites-vous, monsieur, c'est le plus favorable : avés-vous oublié leurs crimes ?

LE CONSEILLER DE VILLE.

Non, mais vous deviés les oublier ; vous ministre d'un dieu de paix. Laissés-nous, un intérêt plus grand nous occupe. Allés, mon révérend, allés exercer vos tristes devoirs ; l'arrêt d'un de ces coupables est prononcé, on va remettre dans vos mains cette proie que vous attendés avec tant d'impatience.

GRISBOURDON *saluant avec hypocrisie.*

Dieu bénisse le jugement des hommes et que le ciel en soit loué. *Il sort.*

SCENE III.

LE CONSEILLER DE VILLE, LE BOURGUEMESTRE.

LE CONSEILLER DE VILLE, *le regardant en aller.*

Affreux hypocrite, je te connois; *au bourguemestre*, et quand serons-nous, je vous prie, débarrassés de ces hommes inutiles à la société. Voilà ce malheureux qu'on conduit à la mort; affreux spectacle! évitons-le, entrons. Tous les habitans sont assemblés. Sans doute, vous ne différerés pas plus long-tems à prendre un parti sur un péril aussi imminent.

SCENE IV.

LES PRÉCÉDENS, TAPE-A-L'OEIL, LE MAITRE de cérémonie, GRISBOURDON, soldats, LE JUGE criminel, *un papier à la main et une écritoire*, hommes du peuple.

TAPE-A-L'OEIL *sortant de la maison de ville.*

Quel triste appareil! quelles funérailles! il n'est plus possible de m'en dédire. *Regardant tout le monde.* Allons, Tape-à-l'œil, du courage, c'est le moment de te signaler, tu t'immortalises aujourd'hui, mon ami. *Appercevant Grisbourdon qui s'approche avec un air patelin.* Oh! le coquin, je l'ai manqué; si je pouvois du moins espérer de le retrouver un jour dans les enfers..... comme je le remuerois.

LE JUGE CRIMINEL. *Lui montrant Grisbourdon.*

Allons, malheureux, je suis prêt dites. . . Décharchez votre consience, mettez vous entre les mains de votre confesseur, et nommez vos complices.

TAPE A L'OEIL.

Moi ! dire mes pechés à ce coquin ? J'aimerois mieux être confessé par le diable.

GRISBOURDON. *Avec hypocrisie aux soldats et au Greffier.*

Retirez vous un peu à l'écart, laissez moi seul avec ce malheurenx, que je puisse par mes prières le réconcilier avec Dieu.

TAPE A L'OEIL. *Avec une colère grotesque.*

Me réconcilier avec Dieu ! Tison d'enfer ! Si je n'étois pas sous tes griffes. *En le ménaçant.* Viens me confesser, approche ?

GRISBOUBDON. *En se moquant.*

Je veux te raccommoder avec le ciel, il m'ordonne de te pardonner. J'obéis à sa volonté suprême. Allons, mon ami, tâche de te recueillir, avoue-moi tes crimes, nomme tes complices, et demande pardon à Dieu, et aux hommes. Pour moi je te pardonne de toute mon âme, je veux te sauver des pièges de satan.

TAPE A L'OEIL. *En colère.*

Tu veux me sauver de Satan? N'est-tu pas toi-même Satan en personne, dont on a épouvanté le genre humain, depuis le commencement du monde? O Général de l'armée infernale! que j'aurai de plaisir de te voir bouillir dans ta chaudière maudite, et d'attiser moi-même le feu.

GRISBORDON. *Tirant un goupillon de sa poche, dit :*

Aspergo te domine hisopo et mundabor lavabo te, et super nivem dealbabor.

TAPE A L'OEIL. *Reculant avec colère et s'essuyant.*

Oh l'enragé! Que marmotte-il là? *En pleurant.* Misérable! N'as-tu pas de conscience de battre un homme à terre, puisqu'il est vaincu? Tu me rends bien ce que je t'ai fait, mais si tu veux, nous allons faire la paix. Laisse-moi m'échapper, *avec confiance;* je puis te servir dans une autre occasion.

GRISBOURDON. *Avec hypocrisie*

Moi, ravir à Dieu une âme repentante, et sanctifiée; mon ami, une palme de gloire t'attend dans le ciel. *Il l'appelle.* Allons... Conduisez ce malheureux au supplice; il n'a plus rien sur sa conscience.

TAPE A L'OEIL.

Coquin, tu me travaille, mais vas, j'espère que les Français te travailleront à leur tour. *Tous s'approchent.*

LE JUGE CRIMINEL *en robe.*

Allons, mon ami, pour la dernière fois nommez vos complices. Sans doute le quidam Charlot, Centurier de l'armée Autrichienne, est aussi coupable que vous. . . . .

TAPE A L'OEIL *grotesquement.*

Que veut encore celui-ci, avec sa figure de grimoire ?

GRISBOURDON.

C'est le Juge Criminel, qui déposera au greffe ton interrogatoire.

TAPE A L'OEIL.

Eh bien ! Je lui donne ta personne, pour en faire une momie pour déposer dans son greffe, personne ne la révendiquera, et j'aurai fait une belle action avant ma mort.

GRISBOURDON, *en colère.*

Il n'est pas possible de le sauver, c'est un hérétique, un apostat, un lion, un juif; il pratique toutes les sectes maudites, et il n'est pas Chrétien.

TAPE A L'OEIL *riant.*

Tiens ! Je ne suis pas chrétien ? Écoutez vous autres seulement, je le suis par la grace de Dieu, et bon républicain par dessus. Hem ! Te voilà pris, coquin.

GRISBOURDON *s'agitant.*

Vous l'entendez, républicain ! Miséricorde ! Eh vite, Messieurs, dépêchez-vous, c'est une brebis galeuse qui gâteroit tout le troupeau, si elle y restoit plus long-temps.

TAPE A L'OEIL, *courant sur Grisbourdon.*

Oh ! laissez-moi faire. *On l'arrête du tems qu'on le tient. L'homme de cérémonie s'approchant de Tape à l'œil.*

TAPE A L'OEIL.

Quel est cet homme ? Je commence à comprendre, c'est le maître des cérimonies. *S'approchant de lui.* Écoutéz, mon ami, il n'y a plus de sots métiers, et si tu me fais du mal, ce n'est pas de ta faute ; mais tâchez, je te prie, de ne pas me manquer ; *en pleurant :* car j'ai déja éprouvé que les angoisses de cette cérimonie ne sont pas très-soutenables.

Le maître des cérémonies, lui faisant quelques signes.

TAPE A L'OEIL.

Il est bon enfant, il me le promet, *regardant en colère Molinard.* Pour ce coquin qu'il ne m'approche pas. Allons, puisqu'il faut se résoudre, adieu mes amis, adieu mon cher pays, c'est pour vous que je vais mourir. *Il prend le bras du maître de cérémonie.* Donnez-moi le bras. J'aime mieux causer avec toi en chemin qu'avec ce méchant. *Au Juge Criminel.* Et vous, physionomie de carême, vous me demandiez tout-à-l'heure si je n'avois rien à révéler. J'ai un testament à faire, et bien des choses à dire. Qu'on me serve un bon chapon au gros sel, et une bouteille de vin de Bordeaux, après cela, je parlerai tant que l'on voudra. J'ai besoin de tout mon courage, car le plus brave ne voit pas son dernier moment avec indifférence. Morbleu. Je veux mourir gaiment, et qui sait si le monde durera encore huit jours après moi. Allons, Tape à l'œil; il faut terminer ton illustre carrière en héros, en français, en ami. Vous ne me refuserez pas, j'espere, ce dernier service.

LE JUGE CRIMINEL.

Non, et on va te remettre en prison.

TAPE A L'OEIL.

Bon! Ceci commence à prendre une tournure... Oh! Il ne faut pas encore nous flatter. Je ne l'échapperai pas. *Il écoute, on entend le tocsin.* Ah! c'en-est-fait, on sonne mon agonie. *Il sort.*

SCENE V.

LE CONSEILLER de ville, LE BOURGUEMESTRE *sortant de la maison de ville, les moines et quelques dévotes.*

LE CONSEILLER DE VILLE.

Qu'y a-t-il de nouveau; ce son de l'airain n'est pas ordinaire, c'est le tocsin, Bourguemestre.

LE BOURGUEMESTRE *étonné.*

J'en suis, comme vous êtes étonné; il faudroit s'en informer.

LE PERE HILARION *aux dévotes, en bégayant.*

Venés, venés, anges d'un dieu compatissant, dans nos cellules; ce sont les français qui entrent dans Bruxelles. Venés vous mettre à couvert du pillage, et peut-être le. . . . . courons bien vîte au couvent. *Ils sortent.*

SCENE VI.

LE CONSEILLER de ville, LE BOURGUEMESTRE.

LE CONSEILLER *allant au fond du théâtre.*

Allons, je vais prendre un parti, il ne s'agit plus de composer avec les intérêts de nos fonctions; je ne vois plus que le salut du peuple. *Ils vont pour sortir, le tocsin redouble.*

SCENE VII.

LE JUGE CRIMINEL, LES PRÉCÉDENS.

LE JUGE CRIMINEL.

Il est tems d'arrêter les progrès de l'inpendance, qui se manifestent déja parmi le peuple. On parle de se porter aux prisons et d'en arracher le vivandier et son complice qu'on va conduire à la mort.

LE BOURGUEMESTRE *allant au fond du théâtre.*

Un grand exemple est nécessaire : ils doivent périr tous deux.

LE CONSEILLER *l'arrêtant.*

Arrêtés, vous courés à votre perte, si vous irrités le peuple dans ce moment; écoutés.... entendés-vous ces murmures.

SCENE VIII.

LES PRÉCÉDENS, Mde. CHARLOT, *les cheveux épars.*

Mde. CHARLOT.

Oui, mes concitoyens, je vous le répete, mon mari est innocent; il est chargé de fers dans le fond d'un cachot. Tout son crime est d'avoir résisté à l'oppression et à la tyrannie du pere du ravisseur de ma fille. J'implorois à genoux sa justice; le tigre! Sa réponse a été qu'on les charge de fers, et qu'on les traîne tous deux en prison. Mon sexe, mon désespoir ont désarmé les soldats, je suis libre; mais mon mari, mon cher Charlot.... O peuple, ô peuple belge, seras-tu moins grand, moins généreux que le peuple français? Son premier pas vers la liberté fut d'aller ouvrir les prisons à ses généreux défenseurs, les gardes françaises, qui, comme mon Charlot, n'avoient fait que servir la cause de tous.

Mme. LA FEUILLETTE.

Oui, oui, nous le délivrerons; nous serons français aussi, et pour le prouver, nous volons aux prisons; allons mes amis, plus de crainte des tyrans ; nous n'en voulons plus, et nous saurons bien nous passer d'eux.

Ier. Un Homme du peuple.

Parbleu! nous n'aurons pas grand peine ; ils nous ont coûté trop cher, pour les garder plus longtems.

Le Ier. conseiller de ville, *aux magistrats.*

Vous l'entendez, pouvez-vous opposer une digue à ce torrent ?

Le Bourguemestre, *effrayé.*

Vous avez raison, il faut employer la modération. *Au peuple.* Mes amis, je vais examiner l'affaire du vivandier, et je vous promets.....

Mme. La Feuillette, *l'interrompant.*

Ce n'est pas des promesses qu'il nous faut ; tenez, voyez-vous ces bras ; . . . *Elle montre le peuple.* Ils ont plus d'énergie que toutes vos paroles.

Ier. L'homme du peuple, *montrant un gros bâton noueux.*

Il a du poids, celui-là !

Le Juge criminel.

Rentrez dans le devoir, je vous l'ordonne, au nom de la loi.

Mad. la Feuillette.

Tiens, cet autre avec sa loi. Oh ! nous en voulons bien des loix, mais des loix pour tous, et non pas pour vous seuls, et vous verrez si nous saurons les respecter.

Mad. Charlot.

La loi, cruel! en connois-tu une, qui ne te reproche pas ton injustice? Vil magistrat!

Le Bourguemestre *au peuple.*

Craignez, Madame, et vous, peuple insensé.

Le peuple se range en grouppe, et dit en menaçant du poing.

Nous ne te craignons plus. *Ils levent leurs bâtons.*

C'est à toi de trembler.

Le Conseiller de ville, *se mettant au milieu d'eux.*

O mes amis! mes concitoyens! . . . réprimez ces mouvemens tumultueux. Les Français sont à nos portes, et nous avons besoin de nous réunir, pour décider du parti que nous devons prendre; c'est sur vos intérêts les plus chers qu'il s'agit de prononcer.

Tous laissant tomber leurs bâtons.

Mad. La Feuillette *au 1r. Conseiller.*

Nous vous écoutons vous, nous savons que vous êtes un brave homme, un magistrat sans tache, et qu'on aura bien de la peine à remplacer; on se souviendra longtems de vous, mais, pour ces méchans, on ne se les rappellera que pour exécrer leur mémoire.

1r. L'Homme du Peuple.

Nous l'aimons tous, et pour vous, on vous déteste.

Mde. Charlot, *au même.*

O Magistrat integre! ce n'est que de vous que j'attends, non pas la grace de mon époux, puisqu'il n'est pas coupable, mais un acte de justice qui lui rende sa liberté.

Le 1r. Conseiller.

O mes amis! ne me prodiguez pas vos éloges. Attendez que je les aie mérité; mes collegues n'en sont pas moins dignes. Nous voulons tous votre bien; reprenez paisiblement vos augustes travaux, mais on vient, c'est un écuyer de l'archiduc.

Le peuple fait un mouvement pour s'en aller, il s'arrête en voyant l'écuyer. *Nous allons vous obéir.*

SCENE IX.

Les précédens, l'aide-de-camp en habit d'écuyer, parlant bon Français.

L'Écuyer

L'archiduc vient, en personne, signfier ses dernièrs ordres.

Un Brabançon.

Que nous veut encore cet archiduc? Je le croyois bien loin.

Mme. CHARLOT, *émue.*

Hélas! Il est peut-être instruit, et va sans doute ordonner le supplice de mon Charlot.

Mme. LA FEUILLETTE.

Moi aussi je le croyois parti, mais n'ayez pas peur, Madame Charlot, nous l'attendons ici, pour voir ce qu'il va nous dire, et s'il veut que nous fermions nos portes aux Français, nous le metterons à notre tête, et le premier coup de canon que le bon peuple nous tirera, sera du moins pour lui.

Tous à la fois.

Bravo! Bravo! Bravo!

Ier. HOMME DU PEUPLE.

Million de trompettes! Que c'est bien vu! Tiens voisin, c'est cependant ta femelle.

LA FEUILLETTE, *à demi-gris.*

Elle se bat roit comme quatre.

Mme. LA FEUILLETTE.

Si je me batterois? Et les Françaises ne se battent-elles pas comme des hommes? Voyez ces deux sœurs Fréling, ce sont des guerrieres intrépides. On les voit à la tête de l'armée Française, chacune aux côtés du Général Dumourier, le fusil sur l'épaule, des pistolets à la ceinture, le sabre au côté, l'havre-sac sur le dos, le chapeau sur le coin de l'oreille. *Allons, soldats de la liberté, marchons droits aux tyrans et à leurs affreux satellites,*

satellites, tue, tue, tue, mais épargnons les peuples.

L'actrice ne doit pas s'appercevoir de l'archiduc qui entre ; elle fait des mouvemens avec un bâton qu'elle a pris à un homme du peuple, et en touche, sans le voir, l'Archiduc.

SCENE X.

Les Précédens, l'Archiduc, ses Gentilshommes, ses nègres, et ses Heyducs.

L'ARCHIDUC, *reculant.*

Quelle insolence!

Mad. LA FEUILLETTE, *s'appuyant avec fermeté sur son bâton.*

Oh dame! je ne vous avois pas vu, et je vous ai touché sans le vouloir. *A part.* Je ne dirai pas toujours de même.

L'ÉCUYER, *repoussant mad. la Feuillette avec violence.*

Retirez-vous, insolente!

LA FEUILLETTE, *la tirant par derriere.*

Viens donc, il ne fait pas bon ici.

Mad. LA FEUILLETTE *à son mari.*

Ah le nigaud! laisse-moi, imbécile, je vais. . . . *Son mari lui met la main sur la bouche, et l'attire avec lui dans la foule; le peuple se frotte les mains, et on entend une espece de murmure.*

L'ARCHIDUC.

Que veulent dire, magistrats, ces mouvemens populaires, ces émeutes scandaleuses?

LE PEUPLE, *avec une indignation concentrée.*

Scandaleuses?

LE Ier. CONSEILLER DE VILLE, *à part.*

Il sied bien aux tyrans de traiter de scandale une indignation légitime!... Eux...

L'ARCHIDUC *au Bourguemestre.*

Je suis revenu sur mes pas pour faire exécuter sous mes yeux mes ordres; envain mon épouse vouloit m'entraîner, je veux moi-même combattre, et venger mon peuple et mes droits.

Ier. UN HOMME DU PEUPLE, *bas.*

Que le diable ne l'a-t-il emporté avec elle?

LA FEUILLETTE *lui répond aussi à voix basse.*

Cela viendra, cela viendra, ne t'inquiette pas.

L'ARCHIDUC, *continuant avec politique.*

Peuple, écoutez-moi, je ne veux, je ne desire que votre bonheur; voilà les droits que je dispute aujourd'hui aux français.

Le peuple murmure.

Aux magistrats.

Et vous magistrats, déployez toute la sévérité du pouvoir qui vous est confié.

LE BOURGUEMESTRE, *tremblant.*

Je crains que votre altesse royale. . . .

L'ARCHIDUC, *avec vivacité.*

Que craindriez-vous ? montrez-moi plus de courage. Oubliez-vous que je suis avec vous ?

BALZA, le premier conseiller de ville, *Avec fermeté.*

Je vais parler. . . Albert, les tems sont changés, envain tu voudrois appeller sur notre tête tous les fléaux de la tyrannie, nous sommes les magistrats du peuple, et nous défendrons ses droits.

L'ARCHIDUC, *reculant avec fureur.*

Quel discours ! quelle audace ! l'ai-je bien entendu ? indigne magistrat ! si je pouvois m'abaisser à te punir, tu recevrois à l'instant la mort. Mes soldats, plus fideles que toi, n'attendent que le signal pour me venger ; mais je veux bien te faire grace, rentre dans le devoir, sers le peuple en m'obéissant, commence par livrer à la mort deux espions français qu'envain le peuple voudroit sauver.

Mme. CHARLOT, *dans le délire.*

Mon époux, barbare ! ta férocité ranime mon courage, je voudrois pouvoir t'exprimer tout ce que je sens, et tout ce que tu mérite, *en le menaçant*, je voudrois pouvoir. . . .

Toute la suite de l'Archiduc fait un mouvement pour arrêter Mme. Charlot.

IIme. Le Peuple, *s'avançant en levant le bâton.*

Touchez-y.

Mme. Charlot, *avec enthousiasme.*

Tigre, tes efforts sont impuissans, je te brave, et tu ne peux rien, ton regne est achevé. Il est tems que celui du peuple, celui de ton souverain commence ; oui, mon époux a mis l'insurrection dans ton armée, je te le déclare, et m'en glorifie ; et moi j'ai développé dans l'esprit de mes concitoyens le germe de la liberté qui, depuis longtems, fermentoit dans leurs cœurs. Nous attendons le général de la république française, comme un Dieu libérateur. Ne crois pas que Bruxelles résiste et s'oppose à son entrée. Tu ordonnes le supplice de mon époux, mais sais-tu que le général l'estime ; ses jours sont sacrés, ils ne dépendent plus de toi. *Au peuple.* Mes amis, courons tous à sa prison, brisez ses fers, et rendez-moi à mon Charlot.

Ier. et IIme. Le Peuple, *en sortant.*

Ça ne sera pas long, ça ne sera pas long.

SCÈNE XI.

LES PRÉCÉDENS, *exceptés Mme. Charlot et le Peuple.*

L'Archiduc *aux Magistrats.*

Vous restez tous trois immobiles, vous voyez le péril qui nous menace tous, et vous n'opposez point la force à la force ? voulez-vous me réduire à tourner les armes contre mon peuple ?

LE BOURGUEMESTRE.

Votre Altesse Royale n'examine pas que le plus petit acte de rigueur, dans un moment de fermentation, peut produire une insurrection sanglante, et qu'une étincelle peut allumer un incendie.

LE PREMIER CONSEILLER DE VILLE.

Mon zèle peut paroître suspect, mais je suis vrai : la cour de France ne s'est perdue que pour avoir voulu étendre son pouvoir au-delà des limites que les circonstances lui prescrivoient ; vous voulez l'imiter, vous allez vous-mêmes accélérer votre chûte.

SCENE XII.

Les Précédens, le Prince de Wirtemberg, suivi de plusieurs Officiers.

L'ARCHIDUC *troublé.*

Que vois-je ? le Prince de Wirtemberg m'approche. *En tremblant.*

LE PRINCE DE WIRTEMBERG.

Monseigneur, c'en est fait, notre défaite est complette. Les Français sont vainqueurs ; un dieu semble guider leurs bras, ils sont invincibles, ils sont invulnérables. Nous perdons des bataillons entiers, quand ils ne perdent pas un homme. Point de plan de bataille, point d'ordre dans leur armée; point d'officier, point de général, point de rang de supériorité : tout est soldat, tous combattent en héros, et, malgré notre défaite, nous sommes réduits à les admirer. Albert, dans vingt minutes au plus, ils sont ici : j'ai fait demander au général français une heure de trêve, pour faciliter votre retraite, sauvez-vous; peut-être la fortune changera-t-elle pour nous, mais il faut aller plus loin attendre la victoire.

L'ARCHIDUC.

Et c'est ainsi que mes soldats me défendent?

LE PRINCE DE WIRTEMBERG.

Eh! Seigneur, que vouliez-vous qu'ils fissent de plus?

L'ARCHIDUC.

Mourir, mourir tous jusqu'au dernier. *On entend des cris de joie; plusieurs crient dans les coulisses* : vivent les Français, vive la liberté.

L'ARCHIDUC, *aux Magistrats.*

Attendez vous que ce peuple effréné vienne m'assassiner à vos yeux?

LE 1er. CONSEILLER DE VILLE.

Non, Albert, ce peuple que vous calomniez, ne vous approchera pas. Courons au-devant, mes dignes collègues. (*Ils sortent.*)

SCENE XIII.

LES PRÉCÉDENS.

LE PRINCE DE WIRTEMBERG.

Votre courage enflamme le cœur des soldats, mais ils sont épuisés de fatigues et de maladies, et le peuple n'est pas pour nous. Je vous le répete, sauvez-vous: j'attends l'adjudant général français, et je vais consulter avec les Magistrats, pour délibérer sur le sort de cette cité.

L'ARCHIDUC.

Avec ces traîtres! Les voici qui reviennent avec leur peuple. Je ne m'en irai qu'après leur avoir manifesté mon indignation. Qui montre de la crainte, est déja vaincu.

SCENE XIV.

Les Précédens, les Magistrats, Charlot, Madame Charlot, tout le Peuple.

1r. et 2e. LE PEUPLE.

Le voilà ce digne Français!

LE BOURGUEMESTRE.

La ville veut se rendre; c'en est fait Monseigneur.

CHARLOT *au Peuple.*

Vous m'avez sauvé, mais ce pauvre Français va périr. Hélas! c'en est fait, le bourreau et cet affreux Grisbourdon s'en étoient déja emparés.

LE 1er. CONSEILLER DE VILLE *au Bourguemestre.*

J'approuve la résolution des habitans de Bruxelles ; leur vœu est le seul moyen de sauver la ville du pillage et des horreurs de a guerre.

L'ARCHIDUC.

Quelle honte !

LE PREMIER CONSEILLER DE VILLE.

Quelle victoire !

LE PRINCE DE WIRTEMBERG.

Le tems s'écoule en vains raisonnemens, il faut répondre au général français.

SCENE XV.

LES PRÉCÉDENS, UN OFFICIER AUTRICHIEN, L'ADJUDANT FRANÇAIS.

LE 2me. CONSEILLER DE VILLE.

L'Adjudant-général français vous apporte les ordres du général Dumourier.

L'ARCHIDUC, *avec fureur.*

Ses ordres ?

L'ADJUDANT-GÉNÉRAL, *une pique à la main, surmonté d'un bonnet de la liberté.*

Peuple belge, magistrats, voici les vœux du général français.

Les magistrats de la ville de Bruxelles sont sommés de rendre à l'instant la place, à discrétion, à l'armée française, ainsi que de faire fermer les portes de cette ville, à l'exception de celle de France.

LE BOURGUEMESTRE, *après avoir entendu, regarde les autres magistrats, et l'archiduc.*

L'ADJUDANT.

Quelle réponse dois-je rapporter au général?

CHARLOT, *ôtant son chapeau, et comme donnant le signal au peuple.*

La liberté, la liberté!

1er. et 2me. *tous à la fois.*

La liberté! la liberté!

CHARLOT.

Voilà la réponse des Brabançons.

L'ADJUDANT.

Je n'en attendois pas d'autres, et je dépose devant vous le premier gage de cette liber é si longtems desirée. *Il fiche sa pique en terre.*

LE BOURGUEMESTRE.

Nous adhérons avec reconnoissance à la sommation que vous nous faites aujourd'hui au nom du général Dumourier, de rendre à l'instant la place, à discrétion, à l'armée française; nous jurons, autant qu'il est en notre pouvoir, de consentir à la reddition de la cité. Il sera enjoint à tous les portiers de fermer leurs portes respectives, à l'exception de celle de France.

L'ADJUDANT.

Je vais reporter ces paroles de paix. *Il sort en regardant avec mépris l'Archiduc.*

SCENE XVI.

LES PRÉCÉDENS, L'ARCHIDUC, *ne se connoissant plus.*

L'ARCHIDUC.

Idole des Français, affreuse liberté, tu l'emportes ! et toi peuple brabançon, et vous lâches magistrats, écoutez : vous cédez à nos ennemis communs ; mais bientôt le repentir suivra de près ce funeste enthousiasme, bientôt vous reconnoîtrez votre erreur. Semblables aux Romains, ces ravisseurs du pouvoir absolu des rois vous dicteront des loix plus rigoureuses que celles d'un seul ; vous redoutez un tyran, vous en aurez mille ; vous abolirez la monarchie, vous aurez l'esclavage ; vous voulez être égaux, vous le serez en apparence en droits, mais divisés par l'intérêt, par l'ambition, par les brigues, par les cabales de toute espece, vous vous arracherez mutuellement les places, les emplois. Tous, vous vous disputerez les lambeaux d'un seul ; et fatigués de changemens successifs, de calamités sans cesse renaissantes, de miseres perpétuelles, vous regretterez envain le chef que vous aviez acquis par tant de siecles de sagesse. Je n'ai plus rien à vous dire, je vais rejoindre l'armée. Albert n'est pas encore vaincu. *Il sort.*

SCENE XVII.

LES PRÉCÉDENS.

CHARLOT.

C'est une pierre qu'il jette dans mon jardin ; mais vas, nous te ferons mentir ; nous serons libres, unis, républicains, et nous nous déferons des traîtres, comme des tyrans ; comptez là-dessus.

LE BOURGUEMESTRE.

Français, j'applaudis à ton enthousiasme ; mais redoutons tous la prédiction d'Albert ; c'est celle d'un tyran, il est vrai ; mais les tyrans ont été quelquefois de grands prophêtes.

LE CONSEILLER DE VILLE.

Oui, peuple, le bourguemestre vient de vous dire la vérité ; nous devons aux Français ce premier rayon de la liberté ; mais soyons sages ; gardons-nous bien de nous diviser, et souvenons-nous toujours que sans l'obissance aux loix, il n'y a point de gouvernement. *On entend une musique militaire dans l'éloignement.* J'entends les troupes françaises qui s'avancent. Premier magistrat du peuple, donnez vos ordres.

LE BOURGUEMESTRE, *au second juge criminel.*

Allez faire tirer le canon pour les recevoir, et qu'on m'apporte les clefs de la ville.

Le juge-criminel va pour sortir.

SCENE XVIII.

Les précédens, L'ESPION, *accourant*.

L'ESPION.

O, mon Dieu ! mon Dieu ! que c'est beau ! *Il trébuche en entrant sur le magistrat qui sort, tous deux se reculent, en se reconnoissant.*

LE JUGE CRIMINEL, *en s'en allant.*

Quoi ! ce drôle s'est encore une fois échappé du supplice ?

L'ESPION.

Vraiment oui, me voilà encore.

CHARLOT.

Ce pauvre malheureux ! et par quel nouveau miracle, mon ami ? . . .

L'ESPION.

Tiens, miracle ! . . . . *à l'oreille*, j'ai converti le bourreau ; je l'ai patriotisé ; la foule s'est grossie ; on a entendu les fanfares de l'armée française ; les braves sans-culottes belges ont fait le reste, et ils ont pendu à ma place le reverend père Grisbourdon de Molinard.

CHARLOT.

Le père Grisbourdon ! oh, Sainte Jeanne d'Arc, héroïne des Français, nous voilà tous vengé ; on l'a accroché !

L'Espion.

Oui, on l'a accroché en un clin-d'œil; on m'a détaché, et toute la cérémonie, de laquelle je ne m'épouvante plus, s'est évanouie à mes regards contemplateurs.

Charlot, *riant.*

On peut à présent t'envoyer au fond des cachots de l'inquisition; tu n'y moisiras pas, et tu feras pendre jusqu'au grand inquisiteur.

L'Espion.

Ne crois pas badiner, j'en viendrai à bout, ou j'y perdrai mon nom de Tape-à-l'œil; vois-tu?

Pendant toute cette scène, on fait des préparatifs de la fête qu'on doit donner à l'armée française; les magistrats vont et viennent sur le théâtre, ainsi que le peuple qui apporte des couronnes de lauriers, des corbeilles remplies de rubans et de fleurs, des rubans tricolores, autour des caisses, des tambours qui arrivent à la fin de cette scène, on apporte les clefs de la ville sur un plat de vermeil, au moment où le magistrat ouvre la porte de la ville, on entend le canon tirer, le peuple crie: Vivent les Français, vivent nos libérateurs.

SCENE XIX ET DERNIERE.

Les Précédens, le général Dumourier entrant, le Bourguemestre s'avance, lui présente les clefs; il s'incline, Dumourier s'empresse de le relever.

Dumourier.

Arrêtez, Magistrats du peuple, épargnons ces honteuses cérémonies, cet usage féodal, que les tyrans appelloient leur pouvoir suprême, et qu'ils ont conservé tant qu'ils furent vainqueurs. Un peuple triomphant vient en frere briser les liens honteux d'un peuple encore dans les fers. Citoyens de la Belgique, les Français doivent à l'univers un grand exemple : ils veulent se sacrifier pour le bonheur du monde. Soyez nos émules pour une si belle conquête ; l'époque de la révolution universelle est enfin arrivée ; dans les siecles de l'ignorance les révolutions n'ont éclaté que de loin en loin chez les peuples divisés. La même cause doit aujourd'hui les réunir tous. Malgré les factieux nos ennemis sont vaincus, et quand les peuples deviennent sages, les rois n'ont plus raison.

Le Bourguemestre.

La philosophie a opéré cette auguste révolution. La France va l'étendre dans les quatre parties du monde. C'est vous qu'elle a choisi pour cette entreprise, héros de la république française, magnanime guerrier, soldat intrépide, illustre défenseur des droits naturels de l'homme, brave et généreux Dumourier, acceptez nos vœux et notre reconnoissance.

Le Général Dumourier, *allant au-devant des trois héroïnes.*

Venez, sexe charmant, et devenez encore plus redoutable sous de nouveaux rapports. Je n'avois que deux jeunes guervieres; j'en ai trois actuellement à présenter à nos freres les Belges.

CHARLOT ET SA FEMME, *s'écriant.*

Ma fille (*volant dans ses bras.*

CHARLOT.

Elle en est aussi la friponne.

CHARLOTTE.

O mon pere! ô ma mere! me pardonnez-vous?

CHARLOT.

Parbleu il le faut bien.

LE CHEVALIER.

Ah! M. Charlot, serez-vous moins généreux envers moi? devenez mon pere.

CHARLOT, *lui faisant signe de se taire.*

Chut!

Toutes les Brabançonnes s'empressent autour des demoiselles Ferning.

Qu'elles sont bien sous cet habit; mais qu'elles sont jeunes!

Une Dlle FERNING.

Nous sommes jeunes, il est vrai; mais la valeur n'a point d'âge ni de sexe.

LA BRABANÇONNE.

Quel air mâle et fier! Cela me donne aussi envie d'aller à la guerre.

La seconde Dlle. FERNING.

Imitez-nous ; faisons plus aujourd'hui que les hommes ; combattons pour défendre leurs droits, et vengeons en même-tems notre sexe d'un tyrannique préjugé. Forçons la fierté, l'orgueil de ces superbes à rendre hommage à notre valeur; et qu'ils apprennent enfin que les femmes peuvent mourir à leurs côtés pour la cause commune de la patrie, et la des ruction des tyrans.

Le Général DUMOURIER, *les montrant.*

Femmes, vous venez de l'entendre. Les sages d'Athênes et de Rome eussent reconnu dans ces deux jeunes personnes deux vaillans guerriers ; les hommes de la république française ne seront pas moins équitables envers votre sexe dans une révolution naturelle qui doit s'étendre sur tous indistinctement. Allons, Égalité, jeune Achiles, aussi aimable qu'intrépide, conduisez à la tête de l'armée ces trois héroïnes, et qu'on s'empare de tous les postes de la ville.

Le général l'Egalité place les trois guerrieres à la tête de l'armée, qui défile sur le théâtre au son de l'air: Où peut-on être mieux qu'au sein de sa famille? *On plante l'arbre de la liberté ; un grouppe de femmes, de jeunes filles vêtues de blanc, ceintures tricolores, portent des guirlandes et des carbeilles de fleurs dont elles entourent l'arbre ;* des

des maisons sont garnies d'habitans et d'habitantes qui crient : vive la liberté ! vive l'égalité ! vivent nos libérateurs !

Le Gén. DUMOURIER *continue.*

J'ai promis de faire un mariage civique, si monsieur et madame Charlot *y* veulent consentir ; un comte du Saint-Empire abandonne de vaines prérogatives pour épouser cet aimable enfant ; il ne perd pas au change ; *y* consentez-vous, mes amis ?

CHARLOT.

Avec plaisir, mon général ; qui pourroit vous résister ? La ville se rend, il faut bien me rendre aussi.

Mad. CHARLOT.

Ce mariage sera heureux, puisqu'il sera formé sous vos auspices.

DUMOURIER.

Allons ; et que l'arbre de la liberté leur serve d'autel. *A l'espion.* Et toi, heureux mortel dont l'esprit inventif et subtil a réuni les belges aux français ; tu auras aussi ta récompense, elle est dans le cœur de tes concitoyens ; et l'exemple que tu viens de donner de ton courage fera chez tous les peuples des prosélytes ; tu suivras toujouss l'armée de Dumourier.

L'Espion.

Grand merci, mon général; la sentinelle de Mars ne peut plus mourir.

Pendant cette scene plusieurs citoyens s'approchent de Balza, et se retirent tous au fond du théâtre.

Balza *à Dumourier.*

Brave Dumourier; vois quel est l'ascendant du général d'un peuple libre; dès cet instant nous nous constituons assemblée des repeésentans provisoires du peuple belge; nous jurons de mourir en défendant les droits de la liberté et de l'égalité.

Tous les Belges à la fois.

Nous le jurons.

Dumourier *à Balza.*

Je jure à mon tour d'être fidel à la cause de la liberté, de l'égalité; de défendre de tout mon pouvoir les droits du peuple souverain belge, et de mourir s'il le faut à mon poste en les les défendant.

Et toi, citoyen Balza, reçois le baiser de paix au nom de la république française, qui te promet, par mon entremise, de défendre de toutes ses forces et de tous ses trésors les représentans librement élus de la société des amis de la liberté. Freres et concitoyens, ne soyez plus flamands, hennuyers, tournaisiens, namurois, ni brabançons; que tout ces noms disparoissent à jamais; que celui de belge soit désormais le seul connu dans ces provinces, et ne forme plus qu'un peuple de freres sous une même dénomination.

On plante l'arbre de la liberté. La piece se termine par des couplets, par une évolution militaire, et par le couronnement triomphal de Dumourier. La renommée descend accompagnée d'un génie, qui lui pose une couronne de myrthe et de lauriers sur la tête. La renommée sonne de la trompette, de laquelle pend une espece de drapeau sur lequel on lit cette inscription : Je vais publier ses victoires ; *et elle se perd dans la nue.*

DUMOURIER *chante.*

Air : Allons, enfans de la patrie.

Allons, enfans de la Belgique,
Allons, braves soldats français,
Il faut, pour notre république,
Voler à de nouveaux succès ; (*bis.*)
Il faut du despote de Liége
Visiter les petits états ;
Des trônes de tous potentats,
Il faut en entreprendre le siége.
Aux armes, etc.

CHARLOT.

Même air.

Tremblez, tyrans et vous perfides,
L'opprobre de tous les partis ;
Tremblez, vos projets paricides
Vont enfin recevoir leur prix. (*bis.*)
Tout est soldat pour vous combattre ;
S'ils tombent, nos jeunes héros,
La France en produit de nouveaux
Contre vous tout prêt à se battre.
Aux armes. . . . .

Mde. CHARLOT *à Dumourier*.

Même air.

Nos triomphes sont ton ouvrage,
Brave et généreux Dumourier,
La république à ton courage
Décerne aujourd'hui ce laurier. (*bis.*)
Ce n'est point une récompense
Donnée à tes heureux travaux,
Il est de tes succès nouveaux
Pour nous le gage et l'assurance.
Retourne, Dumourier,
Retourne aux champs d'honneur;
Poursuis, poursuis,
Le belge aux fers
Attend ton bras vengeur.

BALZA.

Air: Vous qui d'amoureuse aventure.

Veillons au salut de l'empire,
Veillons au maintien de nos droits;
Si le despotisme conspire,
Conspirons la perte des rois.
Liberté, liberté, que tout mortel te rende hommage;
Tyrans, tremblez, vous allez expier vos forfaits.
Plutôt la mort que l'esclavage,
C'est la devise des français. (*bis.*)

TAPE A L'OEIL.

Même air.

Du salut de notre patrie
Dépend celui de l'univers;
Si jamais elle est asservie,
Tous les peuples sont dans les fers.
Liberté, liberté, etc.

FIN.

www.ingramcontent.com/pod-product-compliance
Ingram Content Group UK Ltd.
Pitfield, Milton Keynes, MK11 3LW, UK
UKHW031857260826
14628UKWH00002B/836

9 782329 258065